KB161260

좋아하는 건 의자입니다

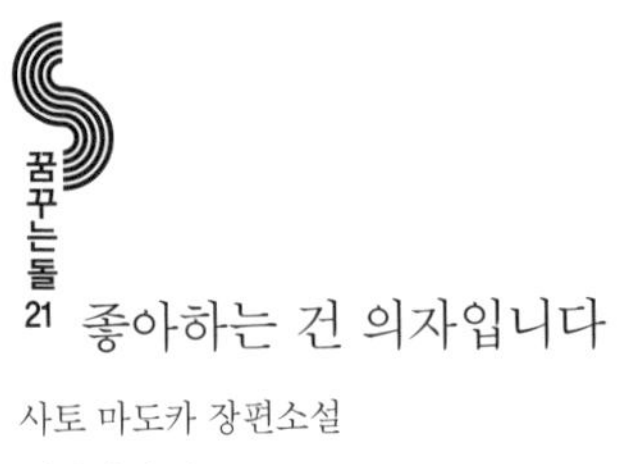

좋아하는 건 의자입니다

사토 마도카 장편소설

김경원 옮김

2019년 7월 22일 초판 1쇄 발행

펴낸이 한철희 | 펴낸곳 돌베개 | 등록 1979년 8월 25일 제406-2003-000018호
주소 (10881) 경기도 파주시 회동길 77-20 (문발동)
전화 (031) 955-5020 | 팩스 (031) 955-5050
홈페이지 www.dolbegae.co.kr | 전자우편 book@dolbegae.co.kr
블로그 imdol79.blog.me | 트위터 @Dolbegae79 | 페이스북 /dolbegae

주간 김수한 | 편집 우진영·권영민
표지 디자인 김동신 | 본문 디자인 이은정·이연경
마케팅 심찬식·고운성·조원형 | 제작·관리 윤국중·이수민 | 인쇄·제본 상지사 P&B

ISBN 978-89-7199-970-7 (44830)
ISBN 978-89-7199-432-0 (세트)

책값은 뒤표지에 있습니다.

이 도서의 국립중앙도서관 출판예정도서목록(CIP)은 서지정보유통지원시스템 홈페이지(http://seoji.nl.go.kr)와 국가자료공동목록시스템(http://www.nl.go.kr/kolisnet)에서 이용하실 수 있습니다. (CIP제어번호: CIP2019024914)

좋아하는 건 의자입니다

사토 마도카 장편소설

김경원 옮김

돌베개

차례

프롤로그 7

1 — 특이한 전학생 9

2 — 의자 소년 20

3 — 바지 소녀 34

4 — 여자에게 바지, 남자에게 스커트 42

5 — 전설의 모델러 53

6 — 극비 프로젝트, 시작! 68

7 — 아버지와의 전쟁 79

8 — 최강의 파트너 94

9 — 105도 106

10 — 반항심보다 호기심 123
11 — 스튜디오 데라다 131
12 — 그래도 아직은 144
13 — 튼튼한 사람의 약한 마음 155
14 — 의자라는 소우주 166
15 — 프리스타일 177
16 — 우리 의자 191
17 — 전국 학생 의자 디자인 대회 200

작가의 말 215
옮긴이의 말 217

프롤로그

뉴욕의 근대미술관에 갔더니 어디선가 본 적 있는 의자가 있다.

'어랏, 내가 디자인한 의자네.'

한순간 이런 생각이 들었다. 전시물은 아니고, 그냥 사람들 앉으라고 입구 쪽에 놓아둔 의자였다.

그것만으로도 기쁘다. 의자는 앉기 위한 것이니까.

자랑스러운 마음에 좀 으쓱해져서 새하얀 의자에 앉아 본다.

그런데 이게 웬일이람! 의자 다리가 우두둑 부러지는 바람에 바닥에 털썩 넘어지고 말았다. 옆에 있던 사람도 바닥에 쓰러진다. 그 옆에 있던 사람도…….

아악, 악몽이다! 이렇게 모기 다리 같아서야 사람 무게를 버틸 리 없잖아!

고개를 푹 숙인다. 사죄한다. 무조건 사죄할 뿐이다.

띠르르르르!

눈을 번쩍 떠 보니 침대 위에서 식은땀을 흘리고 있다.

알람을 끄고 일어난다.

……후유, 꿈이라 다행이다.

1
특이한 전학생

시끄러운 교실에 들어서자마자 난 곧장 의자부터 본다.

가동식可動式 의자다. 거칠고 각진 상하 슬라이딩 파이프 다리가 두 개 달려 있어 앉는 높이를 조절할 수 있다. 책상도 가동식이기 때문에 디자인으로는 투박한 느낌이 제곱에 제곱! 엄청나게 투박하네.

"자, 여러분!"

선생님의 목소리에 정신이 번쩍 들었다. 듣기 좋은 바리톤 음색에는 여름 축제 때 치는 큰북 소리처럼 두두둥 두두둥 울리는 느낌이 있다. 소란스러운 교실이 조용해지자 여기저기 흩어져 있던 학생들이 우르르 자리에 앉았다.

"안녕하세요?" "……하세요?" "……세여?"

허리를 곧추세우고 자세를 바르게 한 3학년 A반 학생들이 조금씩 엇박자 합창으로 인사했다.

아이들은 교실 입구에 꿔다 놓은 보릿자루처럼 서 있는 나와 선생님을 번갈아 쳐다본다.

어디에 시선을 둬야 할지 몰라 일단 선생님 얼굴을 쳐다봤다. 너구리가 떠오르는 인상이다. 살짝 주름 잡힌 밝은 회색 셔츠에 청회색 넥타이를 느슨하게 맸고, 남색 바지에 갈색 허리띠, 갈색 스웨이드 스니커즈를 신었다. 하나같이 손때가 묻도록 오래 착용해 온 듯싶었다. 신경 써서 옷차림의 색깔을 맞추는 고집스러움이 느껴졌다.

"나는 오늘부터 A반 담임을 맡은 이시이 겐타石井健太라고 한다. 1년 동안 잘 지내 보자. 출석 번호대로 앉았지?"

"예. 거기에 적힌 대로 앉았어요."

복도 쪽 맨 앞줄에 앉은 아이가 칠판에 붙어 있는 종이를 가리키며 말했다.

"잘들 했구나. 자, 개학식도 무사히 끝났으니 이제 너희는 정식으로 3학년이 된 거야. 우리 학년은 네 학급밖에 없으니까 서로 아는 사람들도 많겠지만, 일단 한 사람씩 간단하게 자기소개를 하자. 아 참, 그 전에 전학생부터 소개해야겠지."

문 쪽을 돌아본 선생님은 손짓으로 나를 가리켰다. "어이, 오키도 군! 뭐 하고 있어? 그렇게 구석에 서 있지 말고 이리로 와."

선생님 말씀대로 칠판 앞까지 엉거주춤 다가가기는 했지만, 나에게 이목이 집중되는 것이 부담스러웠다. 어디에 두면 좋을지 몰라 헤매던 내 시선은 바로 발밑 교실 바닥에 붙박였다.

"오키도 군은 가나가와현 즈시逗子시에서 전학 왔어. 18대 1이라는 경쟁률을 뚫고 보란 듯이 편입 시험에 합격한 친구란다. 처음에는 낯선 것이 많아서 당황스러울 테니까 다들 친절하게 도와주기 바란다."

경쟁률까지 이야기할 필요는 없지 않나? 좀 불만스러워하면서 고개를 숙여 인사했다.

"난 오키도 신大木戸真이라고 해. 다 같이 잘 지냈으면 좋겠어."

최근 변성기가 찾아오는 바람에 목소리가 잘 나오지 않는다. 쓸데없이 톤이 낮아져서 내 목소리 같지 않다.

"그래, 저쪽 자리에 앉아라."

이시이 선생님은 뒤쪽에 있는 빈자리를 가리켰다. 난 힐끔힐끔 쳐다보는 시선을 의식하면서 서둘러 자리에 앉았다. 복도 쪽, 뒤에서 두 번째 자리다.

자리에 앉자마자 뒷자리에 앉은 애가 등을 쿡쿡 찌른다.

"야!"

뒤를 돌아보니 색이 밝은 앞머리를 더부룩하게 늘어뜨린 남자애가 생글생글 웃고 있다.

"난 가토 슌加藤俊이라고 해. 가토라는 성도 많고 슌이라는 이름도 많으니까 가토 슌이라고 불러. 알았지? 잘 지내 보자."

애니메이션에 나오는 익살맞은 소년처럼 생겨서는 목소리 톤까지 높다.

"응, 알았어. 만나서 반갑다."

뒷자리에 앉은 '가토 슌'이라는 아이가 좋은 애 같아서 일단 마음이 놓였다.

"야, 부럽다. 즈시라면 피서지 아니야? 멀리도 왔네. 거기서 다니는 거냐?"

"설마. 시나가와品川구에 있는 할아버지 댁으로 이사 왔어."

"정말? 뭐야, 실망이네. 놀러 가려고 했더니……."

오늘 처음 만났으면서 놀러 온다는 말이 쉽게도 나오네! 코웃음이 나왔다.

"자, 자, 다들 조용히 해라. 복도 쪽 앞줄부터 순서대로 자기소개를 시작하자. 이름하고, 음, 좋아하는 것이라든가 취미 정도 얘기해 주면 될 것 같구나."

이시이 선생님이 이렇게 말씀하시자 자기소개가 시작되었다. 첫 순서는 우리 줄 맨 앞자리에 앉은 여자애였다.

같은 반 아이들의 얼굴과 이름을 기억해 두려고 노트와 펜을 꺼내 가로 다섯 줄, 세로 여섯 줄을 그었다. 좌석을 나타내는 칸이다. 칸마다 애들의 특징을 하나씩 그림으로 그리고, 그 아래 이름을 써 두었다. 뒤에서 두 번째 자리라서 반 아이들 대다수가 옆얼굴이나 비스듬한 뒤통수, 또는 머리통밖에 보이지 않는다. 얼굴이 전혀 보이지 않는 경우는 뒷모습 전체를 그려 놓았다.

사람마다 앉아 있는 모습은 다르기 마련이다. 바닥에 다리를 놓거나 체중을 싣는 버릇이 다 다르기 때문이다. 건너편 남자애는 오른쪽으로 크게 몸을 기울이고 책상에 팔꿈치를 괴고 앉아 있다. 왼손잡이가 아닐까? 저쪽에 앉은 머리가 긴 아이는 몸집이 아주 아담한데도 의자 높이를 낮추지 않아서 다리가 바닥에 딯지 않는다. 넓적디리가 점점 저려 올 텐데…….

손을 부지런히 움직이면서도 내 의식은 다시 의자로 쏠린다.

이런 가동식 의자에는 앉아 본 적이 없었다. 앉는 바닥 면이 좀 낮은 편이다. 나중에 조절해야겠다. 전에 다닌 학교 의자와는 살짝 다르다. 의자 등받이가 느슨하게 좌우로 둥글게 깎여 있다. 그 덕분에 등뼈가 딱딱한 면에 닿지 않는다.

문득 이름을 부르는 소리에 황급하게 선생님을 쳐다봤다.

"좋아하는 건 뭐니?" 이렇게 묻기에 반사적으로 "의자요" 하고 입 밖으로 내뱉고 말았다.

뒤에서 킥킥거리는 소리가 들린다.

"뭐? 의자?"

선생님은 한 걸음 앞으로 몸을 내밀었고, 교실 여기저기에서는 웃음소리가 터져 나왔다.

아아, 첫날부터 무심코 엉뚱한 말을 해 버렸다. 어째서 '농구'처럼 적당하게 무난한 말을 둘러대지 못했을까. 귓불이 뜨겁게 달아오르는 것 같았다.

이시이 선생님은 눈을 과장스럽게 휘둥그레 뜨고는 다시 물었다. "의자라고 했니? 다리 네 개 달린 그거? 지금 네가 앉아 있는 그 의자 말이냐?"

에이, 괜한 말을 했다. '의자'와 비슷한 말로 얼버무려 빠져나갈 수는 없을까? 의지? 의장? 의적? 아니야, 아니야. 되려 더 이상해. 의사? 의병? 이성? 에잇, 이런 것은 더 뜬금없겠지?

어쩔 수 없다.

"……예, 의자라면 아무거나 다……. 음, 그러니까 저는 의자 디자인에 특별히 관심이 많습니다."

"아하, 의자 디자인 말이구나. 왜 하필이면 의자니? 책상도 아니고 댄스도 아니고 말이야."

본격적으로 꼬치꼬치 캐묻는 질문이 날아온다.

"글쎄요, 의자에는 사람의 온기가 있거든요……."

또 반사운동처럼 생각나는 대로 대답해 버렸다.

"뭐라고? 사람의 온기?"

선생님은 한 걸음 더 앞으로 나서며 날 뚫어지게 쳐다본다.

어쩌다가 사람의 온기라는 말을 입에 올리기는 했지만 어떻게 더 설명할 수 있을까?

"아, 그게, 뭐라고 할까…… 낡은 의자에는 몇 대에 걸쳐 앉아 온 사람들의 온기가 스며 있다는 생각이 들어서요. 새 의자라면 앞으로 앉을 사람들의 이미지를 떠올릴 수 있다고 할까요? 그러니까, 잘 모르겠지만, 사람의 온기가 느껴져서 특히 좋아합니다, 의자를요."

이렇게 말을 마쳤더니, 미지근한 웃음으로 가득 차 있던 교실은 갑자기 한겨울 아침 공기처럼 쨍하고 얼어붙었다. 아무래도 내가 내 무덤을 파고 들어간 것 같다……. 어디선가 차가운 시선이 느껴진다.

불현듯 바로 뒤에서 "어이쿠……" 하는 가토 슌의 탄식 소리가 울려 왔다.

"'몇 대에 걸쳐 앉아 온 사람들의 온기'라니! 야, 소름이다! 이 자식 진짜 보통이 아닌데?!"

교실에서는 또다시 웃음이 터져 나왔다. 가토 슌이 낮은 톤으로 내 목소리를 흉내 내어 말했기 때문에 더욱 반응이 좋았던 것 같다. 난 솔직히 말해 마음이 놓였다.

선생님도 유쾌한 듯 웃고 나서 노트에 무언가 적으셨다. 학생들의 특징을 메모했을 것이다. 나에 대해서는 '의자를 좋아하는 괴짜' 라고 적었을지도…….

"온기라……. 오키도는 개성이 강한 편이구나. 알았어. 자, 다음! 거기 쓸데없이 기운이 넘쳐 보이는 사람!"

"예!"

가토 슌의 목소리가 울린다.

"가토 슌입니다! 좋아하는 건 VR 게임입니다. 장래 희망은 게임 소프트웨어 회사를 만들어 이십대에 백만장자가 되는 거예요. 꼭 될 테니까 잘 부탁합니다."

"야, 배짱은 좋구나! 입에서 나오는 대로 지껄이네!"

"가토 슌! 나 취직 좀 시켜 줘."

"나도!"

몇 명이 소리치자 가토 슌은 "알았어! 염려 붙들어 매라고!" 하고 대꾸했다.

왜 의자일까?

스케치를 하면서, 선생님이 했던 질문을 스스로 던져 보았다.

의자 장인이었던 할아버지의 영향일지도 모른다. 어릴 적부터 동화나 신화에 의자가 나올 때마다 그냥 넘어가지 못했다.

퍽 좋아하던 그리스 신화 중에 무서운 의자 이야기가 있다. 아티카의 영웅 테세우스와 테살리아의 왕 페이리토스가 저승에 내려가 의자에 앉으라는 권유에 멋모르고 '망각의 의자'에 앉았다가 모든 것을 잊어버리고 의자에 몸이 달라붙고 만다. 훗날 저승을 찾은 헤라클레스가 테세우스를 구하려 의자에서 일으켜 세우는 순간, 테세우스의 엉덩이 살이 뜯겨 나가 의자에 남았다. 비록 구출에는 성공했지만 말이다. 그다음 페이리토스를 구하려다 땅이 마구 흔들리는 바람에 결국 구출에 실패했다. 초등학생이었던 나는 고대 벽화풍으로 그려진 삽화 속 의자를 주의 깊게 보면서 이 이야기를 몇 번이나 읽고 또 읽었다.

아주 먼 옛날 아프리카 민예품 중에는 나무판자 두 장을 짜 맞춰 만든 의자가 있다. 끼워 맞춘 부분을 떼어 내면 판자 딱 두 장만 남는 단순하고 현대적인 디자인을 보고 깜짝 놀랐다. 고대 이집트 전시회에 갔을 때는 더욱 기겁하고 말았다. 감히 짐작도 못할 3,000~4,000년 전에 이미 X자형 접이식 의자가 있었던 것이다. 오늘날의 접이식 의자도 대부분 X자 구조를 사용한다.

까마득한 옛날의 석판이나 족자를 보면 감동할지언정 친근감은 들지 않는다. 눈에 익은 펜이나 키보드와는 아주 딴판이기 때문이다. 그렇지만 여러 문물이 진화하는 가운데 의자는 몇천 년 전이나 지금이나 별반 다르지 않다. 아마 앞으로도 그럴 것이다. 우리 신체가 전혀 다른 모습으로 변하지 않는 한…….

친근감과 더불어 의자에서는 사람의 온기가 느껴진다. 고대 이집트의 왕좌를 보면 왕관을 쓴 투탕카멘이 떠오른나. 낡은 흔들의자가 있으면 그곳에 앉아 파이프 담배를 피울지도 모를 할아버지나 무릎 위에 고양이를 앉히고 깜빡깜빡 조는 할머니가 보인다. 새로 만든 아기 의자를 보면 내일 그곳에 올라가 앉으려는 아기의 모습이 떠오른다. 아무래도 내가 의자를 좋아하는 이유는 '사람의 온기'가 느껴지기 때문인 것 같다.

마지막 그림은 창가 맨 뒤에 앉은 여자애의 얼굴이었다.

"취미는 음, 멋을 내는 겁니다. 장래에는 패션에 관한 일을 하고 싶어요." 이렇게 말하자마자 뒤에서 또 등을 찔러 댄다.

"야! 쟤 정말 귀엽지? 와타나베 아야노渡辺彩乃야! 이제야 겨우 같은 반이 되었지 뭐냐. 그러니까 넘보면 죽는다!"

그 말을 듣고 다시 보니까 동트기 전부터 일어나 세팅기로 매만진 게 아닐까 싶을 만큼 헤어스타일이 완벽하다. 와타나베 아야노는 주위에 가식적인 미소를 뿌리고 있다. 귀엽다고 하면 귀여웠지만 겉과 속이 달라 보였고, 더구나 내가 대하기는 어려운 타입인 것 같았다.

"알았어, 내 타입 아니야. 마음 놓아도 돼."

목소리를 낮추어 대답했다.

"그럼 약속한 거다. 너하고 붙으면 내가 깨질 것 같거든. 의자에 대고 맹세할래?"

웃음이 터져 나올 것 같아 급히 고개를 끄덕였다.

"좋았어! 내가 운이 좀 좋은 편이지! 그럼!"

가토 슌은 내 노트를 흘깃 쳐다봤다.

"그건 뭐냐?"

"아, 사람 이름을 잘 못 외워서 그냥 얼굴을 그리고 이름을 써넣은 거야."

"좀 보여 줘."

노트를 건네주자 가토 슌은 "오오! 대단한걸!" 하고 작게 소리를 질렀다.

"내 얼굴이랑 똑 닮았잖아. 야, 너 이 자식, 정체가 뭐냐? 그림이 장난 아닌데!"

가토 슌의 능글맞은 반응에는 좀 당혹스러웠지만, 그렇게 말해 주어서 뛸 듯이 기뻤다.

자기소개가 끝난 다음에는 학급위원 등을 정했다. 뜻밖에도 입후보하는 아이들이 꽤 있어서 다수결로 정했다. 다행히 나까지 일부러 나설 필요는 없어 보였다.

얼굴 그림 아래에는 누가 무슨 위원을 맡았는지도 적었다.

그림 그리기가 다 끝나자 또다시 내가 앉은 의자에 신경이 쓰였다.

이 의자의 문제는…….

난 버릇처럼 의자를 분석하기 시작한다. 어떻게 하면 가동 기능을 유지하면서도 더욱 날렵한 디자인으로 만들 수 있을까? 얼핏 보면 어느 학교에나 흔히 있을 법한, 나무판자를 사용한 의자다. 하지만 시선을 아래로 내리면 양옆에 투박한 다리 두 개가 보란 듯이 붙어 있는 게 보인다. 상하 슬라이닝 상철세 다리는 그리 멋진 디자인이라고 할 수 없다. 앉는 면의 높이를 조절할 수 있는 점은 좋지만, 좀 더 세련되게 만들 수는 없었을까? 물론 다리 네 개 달린 의자는 단순하고 가벼운 대신 키에 맞추어 높이를 조절할 수 없다.

앉는 느낌이 좋은 쪽을 선택할까? 아니면, 디자인이 멋진 쪽?

양쪽 다 가질 수는 없을까?

"어떻게 생각하니, 오키도?"

갑자기 선생님이 이름을 불러 가슴이 철렁했다.

"아, 죄송합니다. 무슨 말씀을 하시는지 못 들었어요."

"어이쿠, 첫날부터 벌써 적응한 거냐?"

킥킥거리며 웃는 소리가 들렸다.

2

의자 소년

중학교 3학년에 올라가 개학식을 마치자마자 전학하라는 말을 듣고, 처음에는 전혀 내키지 않았다. 즈시중학교는 마음에 드는 학교였다. 아버지도 이사는 고등학교 입시가 끝난 뒤에 가자고 말했었다.

바다가 내다보이는 즈시 아파트에 제일 애착을 보인 사람은 바다를 좋아하는 아버지였다. 그러니까 아버지는 틀림없이 이사를 가고 싶지 않았을 것이다.

그런데 엄마가 고집을 피웠다. 홀로 남은 할아버지를 못 본 채 내버려 둘 수는 없다는 게 이유였다. 엄마는 언제나 아버지가 하자는 대로 따르는 편이었지만, 한번 자기주장을 내세우기 시작하면 절대로 물러서는 법이 없다.

친자식인 아버지는 할아버지를 싫어하지만, 며느리인 엄마는 어째서인지 할아버지와 사이가 좋다. 아버지는 내심 할아버지가 돌아가시면 할머니와 함께 살려고 생각했던 것 같다. 그렇지만 실제로는 순서가 뒤바뀌어 버렸다.

재활 치료 덕분에 꽤 회복했다고는 해도 좌반신이 불편해진 할아버지가 낡은 주택을 혼자서 관리할 수는 없었다. 그렇다고 방이 부족한 즈시의 아파트에서 할아버지와 함께 사는 것도 여의치 않았다.

아버지가 다니는 회사는 신바시에 있어 가까웠지만, 문제는 나였다. 내년에는 고교 입시를 치러야 하는데 이런 시기에 전학하는 건 보나마나 불리하다. 더구나 겨우 1년을 다니려고 전학하다니……. 또 할아버지 댁은 시나가와구와 오타大田구의 경계에 걸쳐 있는데, 제일 가까운 역이 오이마치센(大井町線, 도쿄급행전철이 운영하는 노선 중 하나)의 기타센조쿠北千東 역이다. 즈시중학교까지 다니려면 전차와 버스를 갈아타야 하고 왕복 네 시간이나 걸린다.

어차피 그렇다면 같은 재단의 고등학교로 자동 진학할 수 있는 중학교에 편입할 수는 없을까? 인터넷으로 도쿄 시내의 몇몇 학교 가운데 편입생을 모집하는 곳을 찾아냈을 때는 가슴이 쿵쾅거릴 정도였다. 만약 그런 곳으로 편입하면 고교 입시에 부담이 없어지고, 그렇게 되면 하고 싶은 일을 마음껏 할 수 있기 때문이다.

할아버지 집에서 편하게 다닐 수 있는 이 학교는 편입 정원이 단 한 명뿐이었기 때문에 난 열심히 공부했다. 이곳은 도립 공과대학 부속중학교인데 같은 부속고등학교로 자동 진학할 수 있다. 게다가 고등학교 성적이 상위권이면 그대로 대학에 추천 입학하는 것도 가능하다. 공학부와 이학부만 있는 대학이라서 다른 대학으로 진학하는 학생이 많은 듯하지만, 나한테는 안성맞춤이나. 노텝 공과대학의 공학부에는 공업디자인 학과가 있으니까 말이다.

그러니 숙제가 많은 것 정도는 참아 주자. 학급에서 상위권을 지키면 고등학교 입시도 대학 입시도 걱정 없이 의자 디자인 공부에 전념할 수 있다.

"선생님, 선생님! 저요! 저요! 제가 대답할게요!"

수학 시간에 가토 슌이 호들갑을 떨며 손을 들더니 지명되자마자 술술 답했다.

선생님께 칭찬받고 손가락으로 V자를 그리는 그를 보면서 좀 뜻밖이라는 생각이 들었다. 역시 선입견을 갖는 것은 바람직하지 않다. 첫인상은 공부를 싫어하는 타입으로 보였는데 전혀 딴판이었다.

수업이 끝나고 가토 슌에게 곧장 말을 걸었다.

"야, 가토! 너 수학 잘하는구나!"

그러자 가토 슌은 자랑스러운 듯이 가슴을 내밀며 엄지를 쳐들었다.

"좀 멋있었냐?"

"응. 꽤……."

가토 슌은 싱긋 웃더니 장가 쪽으로 시선을 돌렸다.

"아야노 앞이라 힘 좀 줘 봤지. 뭐, 잘하는 건 수학하고 과학뿐이지만 말이야."

"이과 쪽이구나."

"음, 그런 편이지. 난 공부를 안 하니까 역사나 암기 과목은 영 별로야. 한자는 완전히 바닥이지. 내 성적표에는 A하고 D밖에 없어. 진짜 실력으로 보면 E지만 각별히 배려해서 D로 맞춰 주는 것 같아. 너야 뭐 다르겠지? 18대 1의 경쟁률을 뚫고 편입 시험에 합격했다면서? 전 과목이 다 A이거나 B겠지? 이것저것 다 잘하는 부류 말이야."

"설마, 그럴 리가……" 하고 대꾸했지만, 실제로 지난번 학교 성적표에는 A와 B밖에 없었다.

그렇지만 성적표에 A와 D뿐인 극단적인 가토 슌이 부럽다. 잘하는 과목은 따로 공부하지 않아도 A를 받는다고 하니까 정말 대단하다. 내 성적은 아버지에게 야단맞지 않으려고 애쓴 결과에 불과한데…….

"아 참, 가토라고 부르지 말라니까. 가토 슌이나 슌이라고 부르라고!"

그렇게 주의를 주더니 벌떡 일어난 가토 슌은 몰려든 남자애들 몇 명과 수다를 떨기 시작했다.

불현듯 내 귀에 '의자 소년'이라는 말이 들렸다.

흠, 망했네. 그런 별명이 굳어 버리면 어쩌나. 괜한 말을 한 것 같다. 뭐, 후회해 봐야 늦었지만…….

이 학교에서는 신학기 사흘째부터 급식을 시작하고 정식 수업을 개시했다. 1교시 영어 선생님은 다짜고짜 숙제를 엄청 듬뿍 내주셨다. 자동 진학 학교라고 해서 여유가 좀 있을 줄 알았는데 그렇지도 않다.

급식 시간에는 각 반에서 책상을 마주 대고 밥을 먹었다. 가토 슌과 같은 반이라서 다행이다. 내심 마음이 놓였다. 제대로 통성명을 하고 대화를 나눈 사람은 아직 가토 슌밖에 없으니까.

"신! 넌 무슨 동아리에 들어갈 거야?"

가토 슌은 급식으로 나온 카레라이스를 볼이 미어지도록 입에 넣고는 이렇게 물었다.

"으음."

예전에는 농구부였다.

하지만 지금은 농구보다 하고 싶은 일이 따로 있다.

"……아마, 아무 데도 안 들어갈 것 같아."

"흐음, 너도 귀가 동아리? 나도 1학년 때부터 줄곧 귀가 동아리야. 운동부는 취미가 없어. 팀플레이도 잘 못하고 말이야. 합주부나 합창부도 성가시기만 하고, 그림도 그리고 싶지 않아. 그냥 빨리 집에 가서 게임이나 하고 싶어. 시간이 아깝단 말이지."

눈 깜짝할 새 카레라이스를 한 그릇 더 먹어 치운 가토 슌이 이번에는 샐러드를 미어터지게 입으로 쑤셔 넣었다. 그 상태로 얘기하는 바람에 알아듣기 어려웠다.

"응, 나도 알 것 같아. 그런데……."

학교 가까운 곳에 사는지 물어보려 했는데 타이밍을 놓쳤다.

급식 시간은 빨리 끝났고, 가토 슌은 게 눈 감추듯 식판을 반납한 뒤 친구들과 교실을 나갔다.

"가토, 의자랑 책상!"

학급위원장 이지마 시노飯島志乃가 소리쳤다.

"뭐야? 무슨 일이야?"

학생 몇 명과 말씀 중이던 선생님이 돌아보았다.

난 틈을 주지 않고 "아닙니다, 아무것도 아니에요" 하고 둘러댄 다음, 이지마 시노에게는 "하는 김에 내가 해 둘게" 하고 속삭이며 일어났다.

그런데 그는 "오키도!" 하고 날 불러 세웠다.

"친구 버릇을 그렇게 들이면 안 돼. 난 1학년 때부터 계속 가토랑 같은 반인데, 정말이지 조금도 나아지지 않는다고."

"……알았어. 그럼 오늘만 해 줄게."

나와 가토 슌의 책상과 의자를 정리하고 자리를 떴다. 다들 끼리끼리 이야기하는 것을 보고 있자니 따분해졌다.

자리에 앉아 멍하니 넋을 놓고 있을 바에는 차라리 학교 도서관에나 가 보자 싶었다. 다음 수업까지는 40분이 남았다.

도서관에 들어가 보니 예상 외로 어마어마하게 책이 많았다. 전에 다닌 학교와는 비교할 수도 없다. 공과대학 부속중학교라서 그런지 특히 이과 계열 책이 충실하게 구비되어 있는 듯했다.

곧장 기술·공학·디자인 코너로 갔다.

내가 찾는 디자인 관련 책은 건축 분야에 속하는 것도 있고, 그래픽이나 패션디자인 코너에 꽂혀 있기도 하고, 거리가 있는 공학 쪽에 끼어 있기도 했다. 가구디자인은 미술 관련 분야로 분류되기도 하고, 공학 계열로 들어가기도 하며, 건축 내장의 일부로 다루어지기도 하는 등 여러 영역에 걸쳐 있기 때문이다.

장인이나 예술가가 만들어 이 세상에 하나밖에 없는 의자는 공산품이 아니다. 요컨대 '공업디자인'에 들어가지 않는다. 대량 생산한 의자라면 물론 공산품이겠지만, 소량만 주문 생산하는 경우라면 공산품과 공예품 중 어느 쪽인지 구별하기 어렵다.

그럴 경우 편리한 말이 '제품디자인'이다. 난 이 애매모호한 말을 좋아한다.

이 말은 생산물 전부를 포함한다. 하나만 만든 것이든 대량 생산품이든, 모두 제품인 것이다. 간혹 프로젝트같이 형태가 없는 것도 이렇게 부르는 것 같다.

미술 관련 코너 끝에서 『의자 디자인 뮤지엄』이라는 두꺼운 책을 발견하고는 나도 모르게 "오오오!" 하고 감탄사를 뱉었다.

고대의 의자부터 예술 작품에 속하는 것, 장인이 만든 소량 제작품, 그리고 대량 생산품에 이르기까지 의자라고 부르는 온갖 것을 찍은 사진들이 잔뜩 실려 있었다. 사진 아래에는 제작 연도, 제조 회사, 디자이너 이름 등 간단한 정보가 쓰여 있다. 의자 백과사전이라고나 할까. 마침 작년에 나온 신판이라 새로운 의자도 상당히 많이 실려 있다. 할아버지에게 받은 책은 아무래도 20~30년 전에 나온 것이라 이 책을 찾아내서 얼마나 기쁜지 모른다.

이 책은 무슨 일이 있어도 빌려야겠다고 들뜬 마음으로 속표지를 넘겼더니 '대출 금지' 라는 종이가 붙어 있다.

쳇, 이럴 수가! 어쩔 수 없지. 틈날 때마다 여기에 들러 볼 수밖에 없겠다.

그 두꺼운 책을 탁 하니 테이블 위에 놓고 책장을 넘겼다. 유명한 의자가 많았는데 후반부로 갈수록 내가 모르는 의자가 꽤 있었다.

책장을 팔락팔락 넘기다가 유명한 LC4에 눈길이 멈추었다. 1928년 르코르뷔지에Le Corbusier(1887~1965, 스위스 태생의 프랑스 건축가로 '인간을 위한 건축'을 표방한 그는 LC4가 "진짜 휴식을 위한 장치"라고 말했다)와 동료들이 디자인한 긴 의자chaise longue였다.

어제 우연히 신사복 가게 앞을 지나다 보니 이 의자가 장식용으로 놓여 있었다. 지금은 복제품만 무성한 세상인데 웬일인지 '오리지널'이라고 써 놓았다. 거의 골동품이다. 무의식중에 유리에 코를 박고 정신없이 들여다보고 있자니 누가 손짓으로 불렀다. 주인 할아버지가 앉아 봐도 된다고 말씀하셨다.

태어나서 처음으로 본 진짜 LC4였다. 때가 타지 않도록 손을 바지에 문지르고 가만히 앉아 보았다. 1928년 당시의 뜨거운 열정이 내 엉덩이 아래에 흐르고 있었다. 가슴이 벌렁거렸다. 스마트폰으로 사진을 찍어 놓으려고 했지만 꼭 그럴 때만 전원이 꺼져 있다. 메모지도 없었다. 집에 돌아가자마자 곧바로 감상을 적으려고 했는데, 아버지와 말다툼을 벌이는 바람에 까맣게 잊어버렸다.

최근에 들어와 아버지와 자주 부딪친다. 주말에 집에 있으면 얼굴을 마주칠 수밖에 없는데 우리는 별로 말을 섞지 않는다. 모처럼 고등학교에 자동 진학할 수 있는 중학교로 편입했는데도 학교에 다니기 시작하자마자 아버지는 온갖 잔소리를 늘어놓았다. 에스컬레이터에 올라타듯 고등학교에 저절로 들어갈 수 있나고 해서 공부하는 데 해이해지지 말라는 둥, 고등학교는 가능하면 최고 수준의 학교로 가라는 둥……. 몸이 약한 동생 리키가는 이름 있는 학교는커녕 보통 공립학교에 들어가는 일도 여의치 않기 때문에 자존심 높은 아버지의 기대는 모조리 나에게 쏠리는 것 같다.

한숨이 낮게 흘러나왔다.

아니, 나한테는 그런 것보다 LC4가 중요하다. 어제 앉았을 때 느낀 느낌 같은 것 말이다.

길이도 짧고 폭도 좁은 편이고, 등받이의 각도도 살짝 부자연스러웠다. 의자를 디자인한 르코르뷔지에와 피에르 자네레Pierre Jeanneret, 샤를로트 페리앙Charlotte Perriand, 세 사람은 모두 아담한 체격이었을까? 내 키는 177센티미터로 중학생 치고는 큰 편일지 모르지만 학급에는 몸집이 더 큰 애도 있다. 유럽에서라면 지극히 보통이 아닐까? 나만 한 체격으로도 약간 답답한 느낌이 들었다면 네덜란드나 북구 남자들처럼 키가 훤칠한 사람들한테는 꽤 불편할 것 같다.

당장 손에 들고 있던 노트에 스케치를 하면서 그때 느낀 점을 적어 넣었다.

- 체중이 분산되면 편안하다.
- 앉는 면과 바닥의 각도를 조절할 수 있는 점도 훌륭하다.
- 사진으로 본 대로 실물 또한 아름답다.
- 편안하게 쉬기 위한 긴 의자인데도 팔과 손을 둘 곳이 없어서 불편했다.
- 허리에서 무릎까지 길이가 고정되어 있기 때문에 다리 길이가 맞지 않는 사람은 불편할 것이다.
- 하지만 사이즈 조정만 가능하게 만든다면 이 디자인은 틀림없이 흠잡을 데가 없다.
- 이렇게 완벽한 모양이 아니었다면 역사에 남지 못했을 것이다.
- 기능과 미를 모두 추구하는 것은 무리일까?

"흐음…… 저 유명한 LC4에 감히 트집을 잡다니."

등 뒤에서 말소리가 들렸다.

뒤를 돌아보니 머리를 짧게 자른 여자애가 서 있다.

"뭐라고? 아니, 난 트집을 잡는 것이 아니라 분석을……."

"어이쿠, 분석이라고? 잘난 척이 심한데?"

속이 뒤틀렸다.

"누군지 모르겠지만 괜한 참견 말지 그래? 그냥 내가 나를 위해 하는 일이니까 말이야" 하고 반격했다.

이런 애는 우리 반에 없다. 여자애들은 하나같이 교복 치마를 입고 있는데, 허물없이 다짜고짜 들이대는 이 애는 바지(슬랙스)

를 입었다. 우리 반에 있었다면 분명히 기억하고 있었을 거다.

"바지를 입어서 미안하게 됐구나."

내 시선을 눈치챘는지 그 아이는 이렇게 투덜거리고는 성큼성큼 발걸음을 옮기더니 시야에서 사라졌다.

헉, 지금 나랑 뭘 하자는 거지……?

다리를 성큼 내디디며 가 버린 그 애의 뒷모습을 응시한다. 천천히 걸어가는 작은 여자애들을 척척 제치고 나아간다. 마치 링에 올라가는 프로레슬링 선수 같은 걸음걸이다.

그때 마침 종이 울린다.

책을 제자리에 꽂던 중에 아까 그 애가 던지고 간 말이 머릿속을 맴돌았다.

'저 유명한 LC4'라고?

제품명은 본문 아니면 사진 아래 작은 캡션에 적혀 있기 마련이다. 어느 쪽이든 그 애가 있던 자리에서는 그렇게 작은 글자가 보일 리 없다.

어라? 그럼 르코르뷔지에의 LC4를 알고 있다는 말인데?

도대체 어떤 애일까?

"아까는 미안했다."

점심시간이 끝나자 가토 슌이 능글거리며 다가왔다.

"의자랑 책상 정리하는 일을 깜빡 잊어버렸지 뭐야. 위원장한테 혼났어. '네가 해야 할 일을 오키도가 대신 해 주었어!' 하고 말이야."

"괜찮아, 마음 쓰지 마. 나도 깜빡할 때가 있으니까."

"나이스 폴로!"ナイスフォロー(nice follow는 일본식 영어 표현으로, 일상적으로 상대가 곤란한 상황을 말로 잘 넘겨 주었을 때 쓴다. 정식 영어 표현은 good save이다.)

가토 슌은 엄지손가락을 치켜들었다.

"아 참, 그렇지. 물어보고 싶은 것이 있는데, 이 학교의 여학생 교복은 치마밖에 없지 않아?"

아까 만난 바지 입은 여자애에 관해 티 나지 않게 물어보려고 했다. 몇 학년인지, 어떤 아이인지.

"아아, 바지를 입어도 돼. 그래도 보통 여자애들은 치마를 입지만……."

그렇겠지. 우리 반에는 일단 바지 입은 여자애는 없다.

"조금 전에 바지 입은 여자애를 봤거든. 어떻게 된 일인가 싶어서……."

"아마 B반 하야카와일 거야. 교칙에는 여학생이 바지를 입어도 되고 치마를 입어도 된다고 나와 있지만 보통은 바지를 입지 않아. 예쁘지 않잖아. 바지를 입는 여자애는 하야카와뿐이야. 그래서 슬랙스 하야카와라고 부르거나 바지카와라고 불러."

"흐음, 그렇구나."

4학년 이상의 고등학생이라면 넥타이 색깔이 다르다. 그러니까 그 애가 중학생인 건 틀림없다. 어쩌면 후배일지도 모른다.

"후배 중에도 바지 입는 애가 있어?"

"음, 최근에는 있는 것도 같아. 하야카와한테 영향을 받은 게 아닐까 싶어. 바지를 처음 입기 시작한 건 그 애니까 말이야. 그런데 무슨 일이야? 혹시 그 애가 마음에 들기라도 한 거냐?"

"아니야, 그런 거."

난 강력하게 부정했다.

"만약에 몸집이 작았다면 후배겠지. 키가 좀 컸다면 하야카와가 맞을 거야. B반에서 키가 나만큼이나 크고 근육도 나보다 더 단단해 보이는 애라면……."

"다른 여자애보다는 키가 꽤 큰 편이었던 것 같아."

"그러면 뭐, 하야카와네. 머리도 짧고 어깨도 넓은 편이라 뒤에서 보면 꼭 남자애 같거든. 예전에 같은 반이었어. 그 애는 옷도 별나게 입고 성격도 별나."

가토 슌은 키가 167이나 168센티미터쯤 될까? LC4 운운한 여자애도 비슷했던 것 같다.

"그리고 학교 가방이 두 종류 있잖아? 큰 것과 작은 것."

가토 슌은 자기가 들고 다니는 가방과 옆자리에 앉은 여자애 것을 가리키면서 말했다.

"뭘 들든지 자유지만, 보통 여자애들은 작은 가방을 들어. 그런데 그 애는 큰 가방을 들고 다녀. 이것저것 잔뜩 집어넣은 묵직한 가방을 힘도 안 들이고 어깨에 척 메고는 성큼성큼 걸어 다닌다, 이 말이지. 얼마나 씩씩한지 몰라. 자세히 보면 얼굴은 별로 나쁘지 않은데 짧은 머리에 언제나 까치집을 짓고 다니더라. 정말 겉모습에 신경 안 써. 뭐, 개성적이랄까? 재미있는 애야, 바지카와는."

틀림없다. LC4 운운한 여자애는 바지카와라고 불리는 바로 그 애다.

재미있는 애인지는 알 수 없지만 확실히 의자만큼은 잘 아는 것 같다.

3
바지 소녀

다음 날 점심시간에도 곧장 도서관으로 갔다. 그 두꺼운 책을 꼭 정복하고 말리라.

그런데 책이 없어졌다. 대출 금지인데 누가 가져갔지?

도서관 담당 선생님께 여쭈었더니 뜻밖의 대답이 돌아왔다.

“아, 우리는 책이 들어오면 3개월간은 대출 금지야. 그런데 그 책은 오늘부터 금지가 풀리거든. 누군가 번개처럼 재빨리 빌려 갔네! 예약 카드 쓰고 2주 뒤에 반납될 때까지 기다리렴.”

누군가라니 누구일까?

문득 어제 만난 바지 입은 여자애가 머릿속에 떠올랐다. 바지카와라는 별명으로 불린다는 그 애 말이다. 선수를 빼앗겼다는 생각에 분했지만, 같은 취미를 가진 사람이 이 학교에 있다는 건 기쁘기도 했다. 여하튼 2주는 기다리는 수밖에 없다.

기대가 어긋나 따분해져서 SF 코너를 어슬렁거리다가 책을 한 권 빌려서 도서관을 나섰다. 신발장에서 운동화로 갈아 신고 교정 끝에 줄줄이 늘어선 벤치를 향해 걸어갔다.

화창한 날씨에 봄바람이 살랑거린다.

문득 앞쪽에 놓인 벤치에 어제 만난 바지 입은 여자애가 앉아 있는 것이 보였다. 두툼한 책을 펼쳐 읽고 있다. 그 앞을 지나치면서 그 애가 읽고 있는 책을 힐끗 쳐다보고는 나도 모르게 "앗, 저건!" 하는 소리를 냈다.

오늘도 바지를 입은 그 애는 고개를 들더니 "왜 그래?" 하고 불퉁스럽게 말했다.

"그거, 『의자 디자인 뮤지엄』!"

"뭐, 네 책도 아니잖아?"

그 말은 옳다.

"그건 그렇지만……."

풀이 죽어 그냥 지나치려고 했다.

"앗!"

그 애도 내 손에 들린 책을 가리키며 외마디를 질렀다.

"그거, 『2001 스페이스 오디세이』잖아! 영화로 봤어!"

당황스러웠다. 옛날 옛적 영화다. 이 책은 그 영화의 원작 소설이고.

"그렇게 오래된 영화를 봤다고? 1968년에 나온 거야."

"너야말로……."

"……그렇군."

우리는 동시에 웃음을 터뜨렸다.

"앉을래?"

고개를 끄덕이고 옆에 앉았다. 어쩐지 조금도 거북하지 않다.

"영화는 봤지만 책은 읽은 적이 없어. 난 SF가 좋더라."

"아하, 나도 그래. SF 영화는 건물이나 인테리어를 보는 재미도 있거든."

오오, 나도 마찬가지다.

그 애는 책장을 팔락팔락 넘기며 새빨간 의자가 나오는 곳을 펼쳐 내밀었다.

"〈2001 스페이스 오디세이〉에 나온 의자, 이거 맞지?"

"맞아, 이거야. 우주 정거장에 놓여 있던 의자. 새하얀 공간에 새빨갛고 기묘한 의자들이 주루루 놓인 모습, 엄청나게 인상적이었어."

"그래, 나도 그랬어. 우리 집에 DVD가 있어서 몇 번이나 다시 봤거든. SF 영화는 역시 최고야."

"〈가타카〉Gattaca는 봤어? 20년 전쯤에 나온 영화인데……."

"당연하지. 무지무지 좋아해, 그 영화. SF 영화는 옛날 것, 요즘 것 할 것 없이 전부 봤거든. 〈가타카〉에 나오는 건물이나 인테리어는 정말 눈부시게 멋져."

"응. 거기에 나오는 나선 계단은 DNA 모양을 본 뜬 것이지, 아마?"

"아, 그렇구나! 그 말을 들으니까 그런 것 같네."

"그 계단 아래에 있던, 미스 반데어로에Mies Van Der Rohe(1886~

1969, 독일 태생의 미국 건축가)가 디자인한 팔걸이의자도 꽤 쓸 만하지."

"그거 유명한 거잖아. 여기에도 나와" 하고 책장을 팔라닥 넘기던 하야카와는 도중에 손놀림을 멈추었다.

"어, 이거! 어떤 영화에 나오는 말도 안 되는 거!"

모니터나 사운드 시스템이 달려 있는 만큼, 이제 와서는 의자라기보다 워크스테이션workstation(과학기술, 금융, 컴퓨터 그래픽스 등 전문 분야에 쓰이는 다기능 컴퓨터)이라고 불러야 할 것 같다.

"영화는 내 취향이 아니었지만, 의자만큼은 '헉, 이게 뭐야?' 하고 생각했어."

"그거 분명히 가격이 어마어마하게 비쌀 텐데 사는 사람이 있다는 게 참 놀라워. 치과 의자랑 지붕 달린 택배 오토바이를 합쳐서 미래형으로 만든 느낌이야."

"맞아, 바로 그거야."

이런 얘기가 통하는 사람은 거의 없다. 그냥 이대로 끝없이 얘기를 나누고 싶다.

"그러고 보니 말이야……."

의자에 대해 어떻게 그렇게 잘 아느냐고 물어보려고 했는데 저쪽에서 말을 막았다.

"내 소개를 안 했구나. 난 3학년 B반이야. 넌 A반으로 전학 온 오키도 신이지?"

하야카와 리리早川利々는 책을 넘기면서 말했다.

"너…… 맞긴 맞는데, 어떻게 알았어?"

"어떻게 아느냐면 말이지……."

그 애는 날 힐끗 보더니 책으로 다시 시선을 돌렸다. 어떤 페이지인지 알고 싶어졌다. 본 적도 없는 의자가 실려 있다. 디자인은 참신하다면 참신해 보이는데, 아무래도 앉으면 불편할 것 같았다.

"우리 반 여자애들이 이러쿵저러쿵하는 소릴 들었거든. 전학생은 1년에 한 명 있을까 말까 한 데다 이상한 별명도 있더라."

그 애는 나를 올려다보았다.

"네가 들었다는 그 별명이 혹시 '의자 소년'이니?"

하야카와는 곧장 크크크 웃기 시작했다.

"역시 그렇구나. 하지만 너도 나 못지않잖아? 어제 LC4도 금방 알아보고 말이야."

"그야 뭐, 우리 집안 가업이 의자 만드는 거니까."

그 애는 아무렇지도 않은 듯 말했다.

"뭐? 의자를 만든다고? 의자 전문 숍이야?"

"으응, 뭐라고 할까, 원래 우리 할아버지는 모델러야. 디자이너 설계 도면으로 모형 만드는 사람……. 지금은 목업mockup(실물 크기의 모형)뿐만 아니라 오리지널 제품도 만들어서 팔고, 외국 브랜드 의자를 수입해다 팔기도 하고, 이런저런 일을 하셔."

심장이 하도 요동치는 바람에 바깥으로 튀어 나갈 것 같았다.

"무슨 회사야?"

"세디아sedia. 이탈리아어로 의자라는 뜻이야. 할아버지가 젊은 시절에 이탈리아와 덴마크에서 공부하셨대. ……그 표정 뭐야? 혹시 알고 있었어?"
세디아! 몇 번이나 들어 본 이름. 바로 할아버지의 숙적이다.
시나가와에 회사가 있다는 것은 알고 있었지만, 설마 그쪽 손녀와 같은 학교에 다니게 될 줄이야…….
이런 걸 뭐라고 해야 할까? 숙명? 인연? 원념怨念?
할아버지가 알면 흥분해서 활활 타오르시겠지?
"어…… 이름은 알고 있어. 의자 업계에서 유명하잖아."
"뭐, 그렇지. 넌 왜 의자를 좋아해?"
우리 할아버지에 대해서 솔직하게 말해 줄까 말까 망설였다.
딱히 세디아에 적대감을 느끼지는 않는다. 할아버지에 대해 말해 주기 싫은 것도 아니다. 그렇지만 어차피 상대는 모를 테고, 지금은 얘기하고 싶지 않을 뿐이다.
"잘 모르겠지만 그냥 좋아. 그것보다 그 의자 말이야, 특이해 보이네."
화제를 돌리며 펼쳐 놓은 페이지를 손가락으로 가리켰다.
"아, 이거? 난 참 몹쓸 의자라고 생각하는데?"
상대가 같은 인상을 받았다는 사실에 살짝 기뻤다.
"그래. 어쩐지 온통 예각銳角뿐이라서 전위적이랄까, 재미있기는 한데, 불편해서 5분도 못 앉아 있을 것 같아. 안정감이 없어서 앉자마자 나뒹굴 것 같고."
"맞아, 맞아!"
하야카와는 기쁜 듯 웃었다.
"나도 그렇게 생각했어. 지금 인기를 누리는 디자이너 같은데,

제품화하기 전에 목업이나 시작품을 안 만들어 보는 걸까? 앉아 보면 금방 알 텐데. 여기 말이야, 이런 건 있을 수 없지 않겠어?"

그 애가 가리킨 곳은 의자 다리가 바닥에 닿는 지점이었다. 디자인을 중시하는 바람에 안정성을 무시한 듯하다.

"음, 모든 의자가 하나의 예외도 없이 앉는 느낌이 편해야 한다든가 안정성이 좋아야 한다고는 단정 지을 수 없겠지만."

"뭐라고?"

하야카와는 몸을 앞으로 쑥 내밀었다.

"무슨 소리야? 의자란 자고로 앉으려고 만드는 가구잖아?"

"그야 그렇지만, 브랜드 이미지를 드높이기 위해서만 만드는 의자도 있을 거고, 치과 의자처럼 특수한 기능을 중시하는 의자도 있으니까. 그런 의자도 편안함이라는 일반적인 기준에서 생각하면 별로 좋아 보이지는 않잖아? 역 앞 커피 전문점에 있는 의자도 오래 앉아 있기는 힘들어. 일부러 그렇게 만들었으니까. 사형 집행용 전기의자도 일단 의자는 의자잖아."

"어우, 야. 왜 그런 기분 나쁜 예만 잔뜩 들고 그래?"

하야카와는 미간을 잔뜩 찌푸리고 대들었다.

"아, 미안! 극단적인 예이기는 해도, 어쨌든 이런저런 의자가 있다는 건 좋지 않아? 나야 오래 앉으면 불편한 의자는 싫어하지만……."

"흐음, 이런저런 의자가 있다는 건 좋다라……."

하야카와는 중얼중얼 입속으로 뇌더니 딱 잘라 말했다.

"그렇지만 난 역시 앉자마자 쓰러질 것 같은 이런 의자는 필요

없어. 게다가 디자인도 마음에 안 들어."

"디자인 취향은 사람마다 다르니까, 뭐."

"그럼 넌 이런 의자 디자인이 좋아?"

대답하기 곤란했다. 좋은지 싫은지 선택하라고 하면, 그다지 좋아하는 편은 아니다.

"너도 뭐, 싫어하네."

하야카와는 자기 멋대로 결론을 내렸다.

"아니, 그게, 으음…… 그러니까 굳이 말하자면…… 싫어할지도……."

우리는 동시에 푸하핫 웃음을 터뜨렸다. 어쩐지 오늘은 자주 웃는다.

수업을 알리는 차임벨이 울렸다. 점심시간이 끝났다.

4
여자에게 바지, 남자에게 스커트

대화를 나누다 보니 자연스레 하굣길에 만나자는 이야기가 나왔고, 우리는 방과 후 교문에서 다시 만났다.

여자애와 함께 하교한 적은 없지만 하야카와라면 어쩐지 마음이 편하다. 의자나 SF 이야기가 잘 통할 뿐 아니라, 분위기가 좀 남자애 같다고 할까. 바지를 입고 있다는 게 영향을 미쳤는지도 모른다. 남자애들과 있을 때와 마찬가지로 아주 자연스럽게 대할 수 있다는 점이 신기하기만 하다.

"너희 집은 기타센조쿠 역에서 5분밖에 안 걸리는구나. 부럽다! 우리 집은 도고시긴자戸越銀座 역에서 15분이나 더 걸어가야 하거든. 학교도 역에서 좀 떨어져 있으니까 집을 나서서 학교까지 오려면 45분은 걸려. 자전거를 타면 30분이 안 걸릴 테지만."

하야카와는 성큼성큼 걸으면서 책가방을 휘둘러 양쪽 어깨에 번갈아 멨다. 팔 힘이 엄청나다.

"나도 자전거를 타고 다니고 싶은데, 고등학생이 될 때까지 자전거 통학은 금지한다잖아?"

"그러게 말이야. 그런데 난 부모님이 내년에도 안 된대. 위험하다고."

"그래? 난 자전거 타고 다니고 싶어. 자전거를 타면 기분이 좋아지니까."

"맞아, 정말 그래."

문득 눈길을 돌려 보니 길거리에 반 아이들이 서서 웅성거리고 있다. 그 속에서 가토 슌의 얼굴이 보였다.

왠지 모르게 예감이 좋지 않았지만 지나치면서 손을 들어 알은체했다.

"여, 내일 보자" 하며 날 보고 손을 들어 보인 가토 슌이 금방 다른 아이들과 이야기하는 소리가 들렸다. "제법인데, 전학 오자마자", "그래도 상대가 바지카와라니", 그리고 웃음소리.

돌아보고 싶은 마음을 꾹 참고 곁에서 걷고 있는 하야카와를 흘낏 쳐다본다.

분명히 들었을 텐데 시치미를 뚝 떼고 있다.

"저기, 뭐 하나 물어도 돼?"

"으응? 아, 바지 어쩌고 말이지?"

직감이 날카롭다.

"뭐, 교칙에 여자는 뭘 입어도 괜찮다고 쓰여 있잖아. 그러니까 성희롱을 당하지 않도록 바지를 입은 것뿐이야. 겨울에는 춥지 않고, 계단도 마음껏 뛰어 올라갈 수 있고. 그런데 학교에 바지 입은 애는 나밖에 없는 거야. 뭐, 별 상관은 없지만."

"흠……."

'개성'은 따돌림의 대상이 되기 쉽다. 따라서 난 별나지 않은 모습으로 친구들이 즐겨 듣는 유행가를 함께 듣는 척하고 유행하는 영화를 본다. 인터넷에서 영화 리뷰를 읽고 적당히 장단을 맞추어 줄 때도 있다. 그런 자신이 점점 한심하게 여겨지기는 해도 여태껏 취미가 같은 친구를 만나지 못했다.

내심으로는 다른 애들과 고만고만해야 좋다고는 생각하지 않는다. 진심으로 공감할 수 있으면 더할 나위 없겠지만, 자기 자신을 죽이면서까지 비슷해지고 싶지는 않다. 대량 생산품도 아닌데 모두가 하나의 색깔로 물든다는 건 그야말로 최악이다. 어쩌면 다들 '난 사실 너희와 달라' 하고 생각할지도 모른다. 다만 고립될 용기가 없으니까 적당히 그런 척할 따름이다.

그러니까 하야카와는 대단한 것 같다.

나는 "너 용기 있는 애구나" 하고 말머리를 돌렸다.

"그냥 내 권리를 행사하는 것뿐이야. 하지만 날 보고 용기 있다고 말하는 여자 후배가 몇 명 있는 것 같아. 특별히 바람 부는 날이나 추운 날이면 바지 입는 애들이 드문드문 있어."

"그렇구나. 놀림을 당한 적은 없어?"

"1학년 때는 있었어. 상대도 해 주지 않았더니 아무도 그런 말을 하지 않더라. 슬랙스 하야카와니 바지카와니 하는 별명이 아예 정착해 버린 것 말고는 별일 없어. 그 별명은 내 멋대로 멋지다는 뜻으로 해석하고 있어."

진지한 표정으로 이렇게 말하는 것을 보고 나도 모르게 웃어 버렸다.

"웃지 마, 인마."

"아, 미안! 부정하는 뜻으로 웃은 건 아니야."

당황해서 둘러댔지만 하야카와는 손바닥을 팔락팔락 좌우로 흔들었다.

"아니야, 뭐 됐어. 대개는 허접한 말일 뿐이야. 남자답다든가 여자답다든가 하는 말은. 사실은 남자도 치마를 입어도 되는데 말이야."

흠칫 놀라서 하야카와를 쳐다봤다.

"아무리 그래도 그건 좀 그렇지 않아?"

"어째서? 스코틀랜드에서는 남자도 스커트를 입잖아."

"아아, 그건 그럴지도 모르지만."

'이 애의 사고방식은 얼마나 자유로운 걸까?' 난 속으로 감탄했다.

"너 말하는 게 참 재밌다."

"그런가? 아 참, 그렇지. 하야카와라고 부르지 말고 앞으로는 그냥 리리라고 불러. 짧고 부르기도 편하잖아. 나도 그냥 '신 군' 이라고 부를게. '오키도 군'은 길기도 하고, 좀 번거로워."

일단은 고개를 끄덕였다. 여자애와 서로 이름만 부르며 지낸 적이 없어서 쑥스럽다.(일본에서는 보통 성씨로 부르고, 친한 사이에서는 이름만 부르거나 애칭을 부른다.) 하지만 하야카와라고 부르는 것보다는 리리라고 부르는 편이 편하고, 오키도라고 불리는 것보다는 신이라고 불러 주는 게 편하다.

"'군'이라는 말도 붙일 필요 없어."

이렇게 말하자마자 리리는 곧바로 "그런데 말이야, 신" 하고 얘기를 계속했다.

"난 여자니까 이렇게 하라든지 여자가 뭘 하느냐는 말, 정말 듣기 싫어. 난 나중에 세디아에서 모델러로 일하고 싶은데 할아버지가 반대하셔. 여자라서 힘들 거래. 너무하지 않아?"

"여자라서 힘들다?"

모델러가 힘 쓸 일이 그렇게 많을 거라고는 생각하지 않았다.

"왜 힘들다고 하실까?"

"그게 말이야."

한숨을 내뱉으며 리리가 말했다.

"모델러는 설계부터 목공, 철공, 천 씌우기까지 전부 마스터해야 하는데, 세디아에서는 설계와 목공, 철공 전문 직공은 전부 남자, 천 씌우는 직공은 전부 여자야. 목공이나 철공 분야는 힘이 많이 들어가기 때문이라는데 요즘 세상에 그런 건 말이 안 되지 않아? 난 키도 크고 몸도 꽤 단련해 놓았는데 말이야!"

나는 곁눈으로 리리를 본다.

"몸을 단련해 놓았구나?"

"그야 당연하지. 힘이 없어서 못한다는 말은 듣고 싶지 않거든. 남자한테 지고 싶지 않으니까. 이것 보라고."

리리는 어깨에 메고 있던 커다란 책가방을 한 손에 들고 팔을 앞으로 꼿꼿이 폈다. 나라도 꽤 힘이 들어갈 동작이다.

"대단한걸." 이렇게 칭찬했더니 리리는 헤헷 웃었다.

"그렇지? 윗몸일으키기하고 팔굽혀펴기를 매일 백 번씩 하고 있거든."

"백 번이나?"

의지가 보통 강한 애가 아니다. 리리의 심정은 충분히 알고도 남는다. 나도 매일 아침 일찍 일어나 30분 동안 달리기를 한다. 예전 중학교 농구부에서는 훈련으로 달리기를 했는데 지금도 거르지 않고 달린다. 체력도 기르고 근력도 길러서 건장한 체격을 갖고 싶다. 몸도 목소리도 커다란 아버지를 무서워하지 않는 사람이 되고 싶다.

"우리 회사 목공 기술자 중에는 나보다 몸집이 작은 남자도 적지 않아."

"그래? 모델러는?"

"모델러는 창업자인 할아버지하고 중키에 적당히 듬직한 어시스턴트 아저씨가 있어. 할아버지는 확실히 체격이 큼직한 편이지. 아빠는 외동아들인데 손놀림이 둔해서 경영을 담당하고, 엄마는 경리 담당이야. 오빠는 해양 연구를 한다고 오키나와대학에 들어갔는데 아예 그곳에 눌러앉을 거래. 그러니까 앞으로는 내가 회사를 이어받아야 할 것 같아."

"그럼 잘된 거네."

"그렇지 않아. 나한테 경영을 하라는 거야, 모델러는 고용하면 된다고. 왜 그래야 해? 할아버지도 옛날에 모델러하고 경영 양쪽을 다 해 놓고는 말이야."

리리의 얘기를 듣고 다른 의미에서 우리 집과 비슷한 면이 있다고 느꼈다.

"우리 집도 그래. 내 인생을 아버지 멋대로 정해 둔 것 같아."

"똑같네, 똑같아!"

신호를 기다리느라 멈춰 섰다.

"우리 아빠는 말이야, 나한테 요구가 많아. 성聖이리스사립학원 부속초등학교에 입학시키려고 해서 시험을 쳤는데 떨어졌지 뭐야. 중학교도 성이리스학원 부속중학교에 지원했는데 또 떨어졌고. 그래서 이 학교에 들어온 거야. 이제는 부속고등학교에 들어가든지 하다못해 대학이라도 성이리스대학에 들어가래. 아직도 미련을 못 버리는 거지. 그렇지만 그런 건 체면을 세우고 싶은 부모의 욕심 아냐?"

정말이지 우리 집과 똑 닮았다. 우리 아버지는 자신이 들어가고 싶었던 K대 부속고등학교를 고집하고 있고, 리리의 아버지는 성이리스사립학원을 고집하고 있다. 그곳은 이른바 '부잣집 아가씨'들이 다니는 엄청나게 유명한 여학교다.

"그런데 성이리스사립학원보다 우리 학교 커트라인이 더 높지 않아?"

"그렇지. 시험은 합격했는데, 두 번 다 면접에서 떨어졌어. 내 입으로 이런 말까지 하기는 좀 그렇지만, 아무리 봐도 요조숙녀들이 다니는 학교에 내가 어울리지 않았던 모양이지."

리리는 아하하 명랑하게 웃었다.

그러고 보니 부스스한 짧은 머리에 바지를 입고 성큼성큼 걷는 모습이 아무래도 아가씨 이미지와는 거리가 멀다.

"그래도 그 학교에 떨어져서 다행이야. 도저히 몇 년씩 요조숙녀 행세를 할 순 없었을 테니까. 교복은 세일러복만 있고. 게다가 아빠가 무슨 착각을 하고 있는지 모르겠지만, 나 같은 애는 그런 학교에 들어간들 기도 못 펴고 시들시들해질 뿐이라고. 대체 아빠는 왜 그렇게 모를까?"

신호등이 초록불로 바뀌자 여자애들 한 무리가 종종걸음으로 우리 곁을 스쳐 지나가면서 "잘 가, 리리" 하고 인사했다.

리리는 웃으며 손을 흔든다. B반 친구들일 것이다. 그 애들은 몇 번이나 뒤를 돌아보고 쿡쿡 웃으며 나를 흘끔흘끔 쳐다봤다.

"아, 우리 반 여자애들이야. 꽤 노골적이지? 이상한 애 취급받는 나랑 이렇게 나란히 하교하는 건 별로 좋은 생각이 아니었을지도 몰라."

"뭐 괜찮아. 이상한 걸로는 나도 너 못지않으니까. 저 애들이 흘끔흘끔 쳐다본 사람은 네가 아니라 나일 거야. 전학생 의자 소년한테 쏟아지는 호기심이야 금세 사라지겠지, 뭐."

리리는 기쁜 듯 고개를 끄덕였다.

"의자 이야기를 나눌 수 있는 같은 학년 친구라는 거, 그렇게 흔하지 않잖아!"

"맞아. 바로 그거야, 그거."

난 몇 번이나 고개를 주억거렸다. 분명히 별로 없을 것이다. 같은 학년은 물론이고 선후배까지 다 모아 놓은들 의자에 관심을 가진 사람이 과연 몇이나 있을까? 이 만남은 무척이나 행운이다. 누군가 우리를 놀린다고 해도 상관할 바 없다.

"나 말이야, 실은……."

개찰구를 통과하면서 내가 현재 목표로 삼고 있는 것에 대해 이야기하기로 했다.

아버지는 틀림없이 반대할 테니까 가족한테는 비밀에 부치고 있다. 리리라면 터놓고 이야기해도 좋을 것 같았다.

"나, 의자 디자인 대회에 도전해 보려고 생각 중이야."

플랫폼으로 들어오는 전철 소리에 묻혀 버릴 만큼 소심한 목소리로 내가 말했다.

중학생 주제에 그런 대회에 나간다는 것이 스스로도 무리라고 생각한다. 그래도 우선은 한 걸음 앞으로 내디뎌 보고 싶다.

"뭐라고?"

리리가 내 소매를 잡아끌었다.

"너, 혹시 의자 회사 세 군데가 매년 개최하는 '전국 학생 의자 디자인 대회'를 말하는 거야?"

"응, 역시 알고 있었구나!"

중학생 중에 그 대회를 알고 있는 애가 있으리라고는 짐작도 하지 못했다.

"당연히 알고 있고말고! 응모 등록은 이번 달까지고, 작품 제출은 7월이잖아. 하지만 그 대회는……."

전철을 타서도 리리는 계속 흥분한 기색이었다.

"분명히 참가 자격은 중학생 이상이라고 되어 있지만, 이제까지 중학생이 참가했다는 얘기는 들어 본 적이 없어. 대체로 공대 공업디자인과 학생이나 미대 디자인과 학생뿐이잖아. 가끔은 공업고등학교 학생도 참가하지만 수준이 대단히 높다고 하던데."

"그래. 나도 알고 있어."

"신, 너 대단하다. 패기만만해."

사실은 반쯤 망설이고 있었지만 웬일인지 지금 당장 정해 버리고 싶어졌다.

"무모하다는 건 알지만 도전하고 싶어. 예전부터 줄곧 생각해 온 의자 아이디어가 몇 개 있거든. 그렇지만 도면이나 스케치만 있다고 되는 게 아니지. 작은 모형은 만들어 본 적이 있지만 실제 크기의 모형은 아직……."

대회의 심사를 받으려면 목업 모델 또는 목업이라고 할 만한 실물 크기 모형을 만들어 제출해야 한다.

그림을 그리는 것도, 작은 모형을 만드는 것도 꽤 잘하는 편이지만, 실물 크기 모형은 만들어 본 적이 없다. 할아버지는 좌반신이 불편하기 때문에 도와주실 수 없고 말이다.

"아, 그렇지!"

리리가 양손으로 내 두 팔을 붙잡듯 툭 두드렸다.

"내가 모델러 역할을 맡을게. 우리 둘이 팀을 짜자."

난 리리를 말끄러미 응시했다.

아, 그렇지! 리리는 모델러가 꿈이다.

그렇지만 괜찮을까? 기술은 어느 정도일까?

"혹시 내 실력을 의심하는 거야?"

"아, 아니, 그게……."

"그야 아직은 솜씨가 부족하지. 그렇지만 이래 봬도 기초 실력은 있다고 생각해. 매년 여름방학이면 연습생으로 일하거든. 혼자서 실물 크기 모형을 만든 적도 있어. 앉는 면의 쿠션도 만들었고 천도 씌웠어. 할 수 있어. 나한테 맡겨 봐. 내가 적어도 너보다는 훨씬 경험이 풍부할 테니까."

"그야 그렇겠지. 알았어. 같이 해 보자!"

눈앞이 훤히 밝아지는 것 같았다.

전철이 내가 내리는 역 플랫폼으로 들어선다.

"우리 집은 여기야. 시간 되면 우리 집에 같이 안 갈래? 의자에 관한 책도 아주 많고, 내가 그린 스케치도 보여 주고 싶어."

나는 대담하게 제안했다. 친구를 사귀려면 시간이 걸리는 타입이면서 어째서인지 리리에게는 솔직하게 말할 수 있다. 당장 프로젝트에 대해 이야기를 나누고 싶다.

"그러자. 어차피 집 방향이기도 하니까 너희 집에 가자!"

"아, 미리 말해 두는데 우리 집은 지은 지 40년이나 돼서 인테리어는 새로 했지만 엄청 좁아."

이렇게 말하자 리리가 웃었다.

"그런 집, 보고 싶네."

우리는 전철에서 내려 집을 향해 걸어갔다.

5
전설의 모델러

"실례하겠습니다."

현관으로 들어온 리리는 정중하게 고개를 숙이며 인사했다.

엄마는 창피할 만큼 과장된 몸짓으로 놀라움을 표현했다.

"어머나, 이게 웬일이야? 신이 여자친구를 데려오다니! 내일 서쪽에서 해가 뜨겠네! 어서 들어오렴."

"괜히 그러지 마세요. 그런 거 아니니까."

'그런 거'라니 무슨 소리를 하는 거야? 내 입으로 말해 놓고 허둥댔다.

"안녕하세요. 3학년 B반에 다니는 하야카와 리리라고 해요."

리리는 언제나 콧대 높은 모습만 보이더니, 웬걸, 갑자기 목소리 톤을 높여서는 상냥하고 예의 바른 숙녀처럼 인사했다. 난 의심쩍은 눈초리로 리리를 쳐다보았다.

엄마가 과자와 주스를 내오신다기에 내가 가져오겠다고 했다. 이맘때 엄마는 특히 바쁘다. 한꺼번에 여러 가지 일을 하다 보면 잊어버리는 일이 생기고, 그러면 히스테리를 일으킨다.

아버지와 달리 엄마는 무섭지 않은 대신 귀찮다. 그래서 할아버지 시중을 드는 일도 가능하면 도우려고 신경을 쓰고 있다.

사실 할아버지를 지나치게 챙겨 드리는 것은 도리어 바람직하지 않은 듯하다. 돌아가신 할머니가 재활 치료를 열심히 받게 한 덕분에 할아버지는 이제 조금씩 걸을 수 있다. 그런데 이것저것 다 해 드리면 회복은커녕 눈 깜짝할 새에 상태가 나빠진다고 한다. 적당한 도움이 어느 정도인지 감을 잡는 일이 어렵다.

난 1층 끝에 있는 내 방에서 스케치북과 책을 바지런히 거실로 날랐다.

리리를 내 방으로 데려가는 쪽이 편하겠지만, 그러려면 할아버지 방을 가로질러야 한다. 게다가 어쩐지 '그런 거'를 상상하고 있을지도 모를 엄마의 오해를 피하기 위해서도 리리를 내 방으로 데려가고 싶지 않았다.

1층 거실 옆방이 할아버지 방이고, 그 안쪽이 내 방이다. 사실은 복도에서 직접 드나들 수 있는 미닫이문이 있지만, 그곳에 커다란 책장을 놓았기 때문에 지금은 할아버지 방을 통하지 않으면 내 방을 드나들 수 없다. 그래도 할아버지가 코 고는 소리가 들리는 것 말고는 채광도 좋고 마음도 편한 마루방이다.

이 낡은 집은 할아버지가 살던 그대로 수리만 했기 때문에 부엌이나 화장실, 목욕탕 등 물을 사용하는 공간 이외에는 거의 손을 대지 않았다. 아파트에 비하면 틈새로 바람이 들어와서 집 안 공기가 쌀쌀하고, 쓰레기 버리는 일도 번거롭고, 집 앞 좁은 골목으로 작은 트럭만 지나가도 집이 덜컹덜컹 흔들린다. 그렇지만 아담한 뜰도 있고, 내 방도 생겼기 때문에 마음에 든다.

할아버지는 왼쪽 다리와 왼쪽 팔이 불편하기 때문에 다다미방에 침대와 팔걸이의자와 작은 텔레비전을 놓고 밖으로 거의 나오시지 않는다. 다른 가족은 부엌 식탁에서 아침을 먹지만, 할아버지는 옛날에 당신이 직접 만든 스툴(등받이와 팔걸이가 없는 간이 의자)에 단 몇 분도 앉아 있을 수 없다. 물론 그 스툴은 앉으면 아주 편안하다.

저녁은 언제나 거실에서 먹는다. 그때도 할아버지는 당신 방의 팔걸이의자에 앉아 계신다. 바닥에 앉는 것도 힘들고, 일단 앉는다고 해도 일어설 수 없기 때문이다.

"와아, 세상에! 다다미방에 도코노마床の間(일본식 방 한쪽에 바닥을 한 뼘 높게 만들어 놓은 곳으로, 벽에는 족자를 걸고 바닥은 꽃이나 장식물로 꾸민다)가 있어!"

리리는 거실의 작은 도코노마에 정신이 팔려 있다.

"우리 집은 철근콘크리트로 만든 집이고 바닥에 전부 마루가 깔려 있어. 참 좋다, 이런 전통이 살아 있는 옛날 집이라니."

"태풍이 오면 날아갈 것 같은 집이지만 우리는 퍽 마음에 들어. 이 흙벽도 좋고."

난 흙벽에 가만히 손을 댔다. 까칠까칠하고 냉기가 돈다. 멋들어진 서양식 건물을 좋아하지만, 할아버지가 말씀하기를 "습기를 빨아들이기도 하고 내뱉기도 하는 흙벽이야말로 일본의 기후에 적합하다"고 하셨다. 도코노마 또한 다른 곳이 아무리 어질러져 있어도 그곳만은 정갈하게 특별한 공간으로 만들어 신성한 느낌마저 든다. 전에 살던 아파트에서는 이런 분위기를 맛볼 수 없었다.

리리도 흙벽을 만졌다.

"이야, 이게 바로 흙벽이구나. 처음 보는 것 같아."

그때 리모컨을 손에 든 채 졸고 있던 할아버지가 갑자기 "왔니?" 하고 물었다.

할아버지의 방과 응접실을 구분 짓는 미닫이문은 언제나 열어 둔다. 할아버지는 당신 방에 있는 작은 텔레비전 말고 응접실에 있는 커다란 텔레비전을 보는 걸 좋아하신다.

"역시 내 손자라 다르구나. 벌써 여자친구를 사귀고 말이야."

할아버지에게 놀림을 받자마자 나와 리리는 동시에 "아니에요!", "그렇지 않아요!" 하고 딱 잘라 부정했다.

"그래, 알았다, 알았어. 정색하면서 아니라고 할 건 없잖니. 괜히 더 의심스럽구나."

할아버지가 싱긋싱긋 웃으면 입매가 일그러지면서 심술꾸러기처럼 보인다.

"인사가 늦어서 죄송해요. 신이랑 같은 학교에 다니는 리리라고 해요."

자세를 가다듬고 목소리의 톤을 바꾸어 인사하는 리리는 마치

딴 사람 같았다. 난 새삼스레 어이없는 표정으로 리리를 쳐다보았다.

평소에는 거칠 것 없이 막 나가면서 이럴 때는 싹 바뀌는 것을 보면 속에는 숙녀가 잠들어 있는지도 모른다.

할아버지는 즐거운 듯이 히히히 웃었다.

엄마가 장 보러 갈 때 쓰는 천 가방을 손에 들고 응접실과 부엌 사이의 복도를 총총걸음으로 지나간다. 몸집이 작은 엄마는 마치 다람쥐처럼 동작이 민첩하다.

"어머, 아버님! 귀여운 손님이 오셨는데 놀리지 마세요. 하야카와는 천천히 놀다 가렴. 신, 좀 나갔다 올 테니까 그동안 할아버지를 보살펴 드려라. 리키를 데리러 가는 김에 아예 장을 봐 올게. 어머나, 벌써 시간이 이렇게 되었네."

엄마는 빠르게 말을 쏟아 놓고는 서둘러 외출했다. 걱정이 많은 엄마는 매일 차로 리키를 등하교시킨다. 리키는 몸이 약할 뿐 아니라 유치원 시절부터 따돌림을 당하는 일이 많았기 때문에 특별히 더 걱정이 되나 보다.

특히 화요일과 목요일은 학습이 부진한 학생들의 보충 수업이 있는 날이다. 툭하면 결석하기 일쑤인 리키는 대개 보충 수업을 받는다. 보충 수업이 끝나면 엄마는 리키에게 "오늘도 잘했어" 하고 칭찬해 주면서 패밀리 레스토랑에서 케이크나 파르페를 사 주는 모양이다. 리키가 그런 얘기를 자랑하듯 하면 속으로는 울화가 치민다. 리키가 보충 수업을 받는 것은 당연하지 않은가. 어째서 그런 일로 칭찬을 받느냐 말이다.

물론 그건 리키의 잘못이 아니다. 엄마의 잘못이다.

"어머, 동생이 있었구나?"

리리가 묻기에 "뭐, 그렇지" 하고 불퉁스럽게 대답해 버렸다.

"좋겠다. 나도 동생이 있었으면 하고 바랐는데……."

리리가 이렇게 말하는 걸 듣고도 난 아무 말 하지 않았다.

동생도 동생 나름이라고 말할 수는 없으니까.

응접실 텔레비전을 켜려는 할아버지에게 리리를 정식으로 소개했다.

"할아버지, 리리는 사실……" 하며 일단 말을 끊고 리리를 흘깃 쳐다보았다. 그 애는 무슨 영문이냐는 표정을 짓는다.

어차피 언젠가는 알려질 일이니까 아예 처음부터 말해 두는 편이 나을 것이다.

할아버지는 리모컨을 누르며 "응?" 하고 내 쪽을 보았다.

"리리의 할아버지는 세디아를 창업한 하야카와 소지로早川宗二朗 씨래요."

할아버지는 오른손에 쥔 리모컨을 텔레비전으로 향한 채 꼼짝하지 않는다. 충분히 그러고도 남을 것이다. 혈압이 오르지는 않아야 할 텐데…….

"할아버지, 들으셨어요?"

"……."

"우리 할아버지를 아세요?"

할아버지는 미간을 살짝 찌푸렸지만 금방 아무 일도 없다는 얼굴로 "그럼, 알다마다" 하고 대답했다. 기분이 상하지 않을까 걱정하던 참이라 마음이 좀 놓였다.

"오호, 그러면 네가 하야카와 씨 손녀란 말이구나. 과연 그러고 보니…… 그래서 이리 된 게로군."

할아버지는 의미심장한 미소를 지으면서 내게 슬쩍 눈길을 돌렸다.

"그래서라니…… 일부러 접근한 것도 아닌데요. 우연히 알게 된 사이라고요. 하지만 마침 좋은 기회가 있으니까 함께 디자인 대회에 참가해 볼까 해요. 아버지한테는 비밀로 하고요."

"흠, 그거 말이냐? 학생들이 참가하는 그거."

"네."

어렸을 적에 난 이 집에 와서 할아버지께 의자 만드는 이야기를 몇 번이나 들었다. 아버지는 별로 오려고 하지 않았기 때문에 대체로 엄마, 리키, 나, 이렇게 셋이서 왔다. 엄마나 동생은 전혀 관심을 보이지 않았지만, 난 할아버지가 들려주는 이야기가 더할 나위 없이 재미있었다. 의자 스케치를 보여 드리며 의견을 여쭈었더니 디자이너 소질이 있다고 말씀해 주신 적도 있다. 할아버지는 의자 책이나 5분의 1 모형을 물려주셨다.

"뭐, 무슨 일이든 해 볼 필요가 있지. 정 하고 싶으면 도전해 보려무나. 하지만 출품하는 의자는 아무리 디자인이 좋아도 실물 크기 모형을 제대로 만들지 못하면 입상할 수 없어. 모형이라기보다 제품으로 내놓기 직전의 시작품 못지않게 정교한 수준으로 만들어 제출하는 학생도 있으니까 말이야. 심사할 때는 실제로 심사위원이 한 사람씩 앉아 본단다."

이 말을 듣고 리리는 "그래요?" 하고 놀란다. "대회에 관해서 상세히 알고 계시네요!"

할아버지는 조금은 쑥스러운 듯하고 조금은 자랑스러운 듯한 표정을 지었다.

"그건 뭐 별것 아니야. 실은 나도 옛날에 의자를 만들었거든."

"정말요? 그러셨군요."

리리는 내 얼굴을 빤히 쳐다본다. '그런 말 안 했잖아?' 하고 눈으로 항의하는 듯하다.

"옛날에는 나도 의자 모델러였단다."

오른손에 리모컨을 들고 있다는 사실을 잊었는지, 할아버지는 리모컨으로 머리를 긁었다. 쑥스럽거나 시원하게 말하기 어려운 일이 있으면 머리를 긁적거리는 버릇이 있다.

"허허, 이런. 이러니까 나이 들면 망령이 났다고 하는 게지."

할아버지는 리모컨을 툭 내려놓고 눈을 가늘게 떴다.

"너희 할아버지와는 달리 아주, 아주 쪼끄만 공방을 갖고 있었을 뿐이란다."

"우아, 그랬구나!"

"그래. 음, 여기서 자전거로 금방 갈 수 있는 곳에 있었어. 옛날에는 말이지, 이 근방에 가구 공장이나 공방이 꽤 있었단다."

"그렇군요."

리리는 맞장구 치는 타이밍을 제대로 알고 있다.

"옛날 옛적에 하네다에 비행장이 생기기 전에 미군 기지가 있었는데, 그 사람들이 쓰는 가구를 만드는 업자가 있었지. 우리 아버님도 그런 가구를 만들었어. 겨우 그럭저럭 말이야."

리리의 할아버지도 비슷한 경력을 거쳤을지 모른다.

"그래서 난 공방을 이어받았지만 다른 가구는 다 그만두고 의자만 만들기로 정했어. 운이 좋았는지 상당히 번성했단다."

"그랬군요……."

"그렇지만 어느새 불황이 심해져서 일거리가 점점 줄어들었지. 기술자도 한 사람, 두 사람 그만두더니 결국 나 혼자만 남았고 말이야. 게다가 내가 뇌일혈을 일으켜서 왼쪽을 못 쓰게 되는 바람에 어쩔 수 없이 공방을 접어야 했어. 재활 치료 덕분에 지금은 누군가가 붙들어 주기만 하면 거북이처럼 엉금엉금 걸을 수도 있지만."

할아버지는 리모컨이 없는 오른손으로 또 머리를 긁적인다.

"저기, 그 말씀하신 공방 말인데요…… 이름이 뭔가요?"

"음, 그러니까 아마 넌 모를 거다. 오키도에서 '도'戸 자만 떼어내고 지었어. 그렇잖아. 문 만드는 곳이라고 착각하면 곤란하니까 말이야.(오키도는 정문, 대문이라는 뜻도 가지고 있다.) 그래서 이름이 '오키 제작소'야."

리리는 "앗!" 하고 소리를 냈다. "그러고 보니 그렇네요! 오키도 군과 오키 제작소를 연관 지어 생각하지 못했어요!"

놀란 사람은 할아버지만이 아니었다.

"아니, 네가 어떻게 알아?"

난 깜짝 놀라 리리의 눈을 들여다보았다.

"아니, 그럴 수밖에. 할아버지가 얼마나 자주 얘기해 주셨는지 몰라. 할아버지가 해외에서 공부하던 시절 무용담이며 세디아의 역사는 물론이고, 고생한 얘기와 더불어 엄청난 라이벌이었던 '오키 제작소' 이야기를……."

"라이벌이라고?"

할아버지는 몸을 앞으로 내밀다 못해 팔걸이의자에서 굴러떨어질 지경이었다. 난 황급히 팔을 뻗어 할아버지가 의자에서 떨어지지 않도록 받쳐 드렸다.

"그럼요. 옛날에 시나가와에는 의자 전문 제작소가 몇 군데 있었는데, 마지막까지 남은 것은 세디아와 오키 제작소뿐이라고 하셨어요. 오키 제작소는 규모가 작아도, 말도 못하게 솜씨가 좋은 모델러가 있다고 말씀하셨는걸요."

할아버지는 항상 끔뻑거리던 눈에 힘을 주어 둥그렇게 떴다.

"정말이냐?"

"예. 유명한 건축가가 지은 일본풍 호텔이나 여관, 고급 요리점 등의 설계에 어울리는 의자를 소량 생산하는 데 힘을 기울였다고 들었어요. 목업부터 소량 생산하는 의자까지 만드는 곳이라 세디아랑 다를 바 없다고요."

할아버지는 차마 입을 다물지 못했다. 놀라도 몹시 놀란 모양이다. 또다시 뇌일혈이라도 일으키시면 어쩌나 걱정스러웠다.

"오키 제작소는 엄선한 목재를 사용해 고급스러운 일본풍 의자를 만들기 때문에 아주 훌륭한 라이벌이라는 이야기를 몇 번이나 들었는걸요."

할아버지를 쳐다보는 리리의 눈길에 존경심이 담겨 있다.

"아니야, 아니야, 그건 과찬이란다. 세디아하고는 규모만 보더라도 상대가 되지 않는걸. 게다가 세디아에는 서양풍의 세련된 의자가 많았어. 그 이후로 점점 번성한 것을 보면 참 대단해."

아까까지의 멍한 표정은 싹 사라지고 갑자기 또렷또렷한 얼굴로 이야기하는 할아버지를 보고 겨우 마음을 놓았다.

"우리 공방은 음, 옛날에는 일을 많이 했지. 하지만 고급 목재를 쓴 일본풍 의자를 놓는 가게가 줄어들어서……. 틀에 박힌 호텔이나 레스토랑이 늘어나면서 값싼 수입 가구나 대기업 체인점에서 만든 의자가 날개 돋친 듯 팔렸으니까, 뭐. 일본식 작은 의자 공방은 망할 수밖에 없지. 세디아는 잘 살아남았어. 할아버지는 아직도 건강하게 일하고 계시니?"

"예. 이제 일흔다섯이나 되시는데도 아직 이삼 년은 너끈하게 일할 수 있다고 하세요."

"흠, 대단하구나. 하지만 그분이 우리 공방을 그렇게 평가할 줄은 몰랐어. 옛날에 난 너희 할아버지를 어떻게든 이겨 보려고 질투심에 눈이 멀어 있었지. 어쩌다 가끔 조합에서 만나도 말을 섞은 적도 별로 없단다."

이제까지 줄곧 할아버지가 하야카와 소지로 씨를 미워한다고 생각했는데, 뜻밖에도 할아버지 얼굴에는 옛 친구를 그리워하는 표정이 떠올랐다.

"음, 뭐, 나야 속 좁고 비뚤어진 고집쟁이였으니까 조합 같은 곳에는 좀처럼 얼굴을 내밀지 않았지. 너희 할아버지가 나를 그렇게 평가하고 있었다니 놀랍다. 허, 그랬구나, 그랬어."

할아버지는 몇 번이나 고개를 끄덕였다. 정말 기쁜 모양이었다. 눈가가 촉촉하게 젖어 드는 것 같았다. 엄마나 아버지가 하는 말에 따르면, 할아버지는 옛날처럼 무뚝뚝하게 입을 꾹 다무는 일은 적어졌지만, 나이 탓인지 뇌일혈 탓인지 화를 내거나 울기도 하는 등 희로애락의 기복이 심해진 듯하다. 그렇다고 해도 설마 할아버지가 눈물을 보일 줄은 꿈에도 생각하지 못했다.

"저……."

갑자기 리리가 커다란 목소리로 말했다.

"오키 제작소의 전설적인 모델러를 이렇게 뵙게 되어서 얼마나 영광인지 몰라요. 사실 모델러가 되는 것이 제 꿈이거든요!"

마음을 단단히 먹고 선언하는구나 싶어 흘깃 옆을 쳐다보았다. 리리의 눈빛이 초롱초롱하다.

"오호, 그러냐? 그것 참……. 너희 할아버지나 부모님도 대찬성이시지?"

"저, 그게……."

그 순간 리리의 표정이 어두워졌다.

"할아버지, 리리네도 우리 집이랑 똑같아요. 리리한테 세디아의 경영자가 되라고 하신대요. 여자가 어떻게 모델러가 되느냐고요. 아버지도 나한테 일류 대학 들어가서 일류 기업에 취직하라고 하잖아요. 어째서 부모들은 자식이 원하는 일을 존중해 주지 않나요?"

내가 이렇게 말하니 할아버지는 다시 머리를 긁적거렸다.

"……그렇지만 말이다, 난 네 아버지가 하는 말도 잘 알겠단다. 난 아침부터 밤까지 공방에서 일했고 주말에도 집에 없었어. 할멈이 나 때문에 고생이 많았지. 네 아버지도 어느새 다 커 버렸더구나. 그러니까 내가 대학에 가지 말고 가업을 이으라고 했을 때 네 아비는 딱 잘라서 거절했던 거야. 일하는 시간이 불규칙하고 수입이 불안정해서 가족을 행복하게 해 주지 못하는 의자 장인이 되기는 싫다고 말이야. 그래서 일반 대학에 들어가 경제학부를 졸업해서 샐러리맨이 된 거지."

"흠, 그런가요?"

아버지는 그런 생각으로 일반 회사에 취직했다고 하지만, 언제나 잔업이니 접대니 하면서 집에 늦게 들어오기 일쑤인 데다 주말에도 골프 친다고 집에 없는 날이 많잖아. 속으로는 이렇게 생각했지만 입을 다물고 있었다.

"이런 말을 하기는 좀 그렇지만, 난 네 아비의 선택이 옳았다고 본다. 결국 나중 10년 동안은 일거리가 줄어서 할멈이 시작한 부업으로 생활비를 충당하기도 했거든. 지금 네가 쓰는 방은 할멈이 재봉틀을 돌리던 방이란다. 양복을 수선하는 일을 했지. 손재주가 뛰어난 사람이었어."

"맞아요. 기억나요."

공방 문을 닫은 뒤로 매일 멍하니 텔레비전을 보는 할아버지 옆에서 할머니는 바지나 스커트의 밑단을 꿰매곤 했다. 발로 페달을 밟는 구식 재봉틀이 타타타타 리듬을 타고 울리는 소리는 지금도 다시 듣고 싶다.

"이런저런 일이 있었으니까 네 아비도 네가 불안정한 세계에 발을 들이지 않기를 바라는 거란다. 뭐, 부모 마음이 그런 거지."

"그럴까요……?" 납득이 가지 않는다.

"아버지는 그저 본인이 가고 싶었지만 못 간 K대학에 아들을 보내서 대리 만족이나 느끼고 싶은 것이 아닐까요? 아버지한테 정말로 자식을 사랑하는 마음이 있는지 모르겠는걸요."

할아버지는 갑자기 어두운 표정을 지었다.

"얘야, 그건 그렇지 않단다. 네 아비는 K대학에 못 간 게 아니라 가지 않은 거야. 자기 의지대로 수업료가 싼 Y국립대를 선택했지. 같은 국립이라도 T대학은 고교 졸업하고 바로 합격하기 어려운 데다 대학에 가지 말라고 하는데 재수까지 하려고 하느냐고 내가 반대했거든. 다만 지금 다니는 회사에는 T대학과 K대학 출신이 중진을 맡고 있으니까 너도 둘 중 하나에 들어가라고 권유하는 거란다."

"흠, 정말요……?"

처음 듣는 얘기였다. 아버지가 K대학에 떨어진 것이라고만 생각했는데.

"뭐, 어쨌든 너희는 노력해서 대회에 참가하려무나. 모르는 것이 있으면 나한테 물어봐도 좋지만, 그래도 왕년에 전문가였던 사람이 도와주면 정당하진 않겠지. 어쩔 수 없을 때만 도와줄게. 말은 이렇게 해도 뭐 입으로만 하는 말이다만……."

할아버지는 말을 마치고 히죽 웃더니 아까 테이블 위에 내려놓은 리모컨을 잡으려고 몸을 앞으로 기울였다.

나는 리모컨을 들어서는 약간 손을 내밀어야 잡힐 만한 곳으로 옮겨 놓았다.

"할아버지, 왼손으로 해 보세요."

할아버지는 "쳇" 하고 혀를 차더니 왼손을 앞으로 내밀었다. 하지만 리모컨은 잡히지 않는다. 오른손을 내밀려는 할아버지에게 난 일부러 짓궂게 말했다.

"다시 한번 왼쪽으로 도전해 보세요. 할아버지를 생각하는 손자의 마음이에요."

"요 녀석, 버릇없이 굴기는."

할아버지는 왼손을 조금 더 천천히 내밀어 집게손가락과 가운뎃손가락 사이로 리모컨을 집어 들었다.

"흥, 똑똑히 봤냐?"

만족스러운 표정을 짓는 할아버지를 보며 나와 리리는 웃었다.

6
극비 프로젝트, 시작!

다음 날도, 그다음 날도, 우리는 하굣길에 두 시간씩 내서 프로젝트를 진행하기로 했다. 다만 응접실은 할아버지가 텔레비전을 보고 있어서 집중할 수 없으니까 내 방에서 얘기하기로 했다. 텔레비전 소리가 들리지 않도록 일단 문을 닫는다. 리리더러 내 의자에 앉으라고 하고 난 부엌에서 스툴을 가져와 앉았다.

리리는 『의자 디자인 뮤지엄』을 내 책장에 꽂았다.

"이 책, 회사에도 있더라. 사무실에는 거의 들르지 않아서 몰랐어. 반납일이 되면 학교로 가져다줘."

"고마워. 그럴게."

책장에서 압도적인 존재감을 뽐내는 커다란 책을 지그시 바라보았다. 이 책 덕분에 리리와 만났다. 이 책이 없었다면 리리와 대화를 나누는 일도 없었을지 모른다.

잠잠한 방에 문을 닫고 둘만 있으려니 왠지 모르게 긴장감이 몰려와서 "음악이라도 틀까?" 하고 물어보았다.

"응, 무슨 음악이든 좋아" 하는 리리의 대답을 듣고 눈앞에 있던 CD를 틀었다.

"어, 나 이 음악 아는데, 뭐더라……?"

"영화 〈그래비티〉Gravity의 사운드트랙."

"아, 그렇지. 그런데 너 말이야, 애어른처럼 재즈 같은 걸 들을 줄 알았더니……."

"흠, 미안하지만 그렇지 않아. 난 대개 사운드트랙이나 하드록을 들어."

"하드록?"

그렇게까지 놀랄 일인가 싶었다.

"그렇게 생기지 않았는데 꽤 반항적인 성격이구나."

리리가 몹시도 진지한 표정으로 말하는 걸 보고 웃고 말았다.

"글쎄, 음악 정도 갖고 뭐……. 그런데 디자인 대회에 나간다고 부모님께 말씀드렸니?"

리리는 고개를 저었다.

어쩐지 그럴 것 같았다. 나도 할아버지 말고는 아무한테도 말하지 않았다. 우리 둘 다 무슨 나쁜 짓이라도 저지르는 것 같다.

"할아버지한테 대회에 나가고 싶다고 했더니 반대하셨어. 심사위원을 하신 적도 있고, 지금 심사위원들도 할아버지를 다 아는 모양이야. 다른 학생한테 불공평하니까 안 된다고 하셨어."

"그래? 역시 유명 인사시구나."

하야카와 소지로 씨의 공평한 태도에 은근히 감동했다.

"게다가 잔소리도 많이 들었어. 요즘 같으면 열다섯 나이에 모델러가 되면 안 된대. 그것보다 공부나 열심히 하라고 하셔. 하지만 속마음은 내가 괜히 대회에 참가해 버리면 할아버지 입장이 난처해지니까 그런 게 아닐까? 하야카와의 손녀가 고작 저런 수준이라는 말을 듣고 싶지 않아서 말이야."

리리는 혀를 날름 내밀었다.

"그래도 보호자 사인이 필요하지 않아?"

나는 책상 서랍을 열어 대회 참가 신청서를 찾으면서 물었다.

"상관없지 않아? 너희 할아버지가 사인해 주시면……."

마치 당연하다는 듯 리리가 말했다.

"그럴까? 아무리 우리가 팀이라고 해도 보호자가 한 명뿐이면 좀 이상하지 않을까? 아, 여기 있다!"

신청서를 펼쳐서 확인했다.

"이것 봐, 미성년 참가자는 각각 보호자의 사인이나 도장을 받아야 해."

"흐음. 그 정도는 막도장을 파서 찍으면 되잖아."

참 리리다운 발언이다.

"그야 뭐, 그렇지만……."

그다지 내키지는 않지만 일단 이렇게 대꾸한다. 아버지한테는 끝까지 비밀로 해 둔 주제에 내가 뭐라고 말할 자격이 있는지 모르겠다.

"뭐야, 그 불만스러운 표정은? 그래, 알았어. 그럼 엄마한테 말할게. 엄마는 내가 좋아하는 일을 하라는 편이니까 반대는 하지 않을 거야. 모델러가 되어도 괜찮지 않느냐고 말해 주는 사람은 엄마뿐이거든. 나라면 여자도 우수한 모델러가 될 수 있다고 말해 줄 텐데 말이야."

"그럼, 될 수 있고말고. 넌 체격도 좋으니까 문제없을 거야."

난 치켜세워 주려고 말한 건데, 리리는 "체격이 좋다고? 내 참……" 하고 떨떠름하게 반응했다.

"너야말로 대회에 나가는 거 부모님이 모르시지? 할아버지만 알고 계시잖아."

"응, 그렇지."

의자 디자인 대회에 참가한다는 사실을 아버지한테 들키면 상황이 골치 아프게 돌아갈 것 같다. 그런 일에 쏟아부을 시간이 있으면 K대 부속고등학교에 갈 수 있게 공부나 더 열심히 하라는 잔소리를 들을 것이다.

나지막하게 한숨이 흘러나왔다.

"그런데 말이야, 우리 집은 어쩌다 들키더라도 별 문제가 안 되겠지만, 너희 아버지는 의자 만드는 세계를 싫어하시잖아? 나중에 괜찮겠어?"

"……뭐, 될 대로 되라지." 아픈 곳을 딱 찔리는 바람에 난 마음에도 없는 소리를 했다. 아버지한테 들키면 확실히 소란스러울 것이다. 그러니까 들키지만 않으면 되겠지.

엄마는 리리가 우리 집에 자주 오는 이유가 함께 학교 공부를 하기 위해서라고 생각하시는 모양이다.

"그야 그렇지. 될 대로 되겠지, 뭐. 그럼 시작할까?" 리리가 이렇게 말했을 때 "형!" 하고 부르는 소리가 들렸다.

리키가 가만히 문을 열고 내 방으로 들어왔다. 노크하라고 그렇게 말했는데도, 에잇…….

리키는 잠시 리리를 보더니 가볍게 고개를 숙였다. 리리도 방긋 웃으며 인사했다.

"노크하라고 말했지? 무슨 볼일이라도 있냐?"

"수채화 물감 좀 빌려줘. 내 것은 어린이용이라서 색깔이 별로 안 좋아."

'너, 어린이 맞잖아?' 하고 따지고 싶었지만 리리 앞이라서 입을 꾹 다물었다.

"아……."

리키는 그림물감을 받아 들고 책상 위를 쳐다보았다.

"의자?"

"음, 학교…… 기술 숙제야."

거짓말로 둘러댄다. 리키는 아버지에게 이를지도 모른다.

"중학교 기술 수업에서는 이렇게 어려운 숙제를 내 주는구나. 의자를 통째로 디자인해야 하는 거야?"

리키가 이렇게 말하자 나와 리리는 눈을 맞추었다. 리키를 얕잡아 봐서는 안 된다.

"맞아, 우리 학교는 이공계니까" 하고 그럴듯하게 얼버무린다.

"흠, 그렇구나."

리키는 납득하지 못하겠다는 표정으로 여기저기 그려 놓은 스케치에 눈길을 준다.

"우아, 귀엽네! 몇 학년이니?"

리리는 리키를 사랑스럽게 바라본다. 리키를 처음 보는 사람은 누구라도 이런 표정을 짓는다. 마치 귀여운 새끼 고양이를 쳐다보듯이.

"4학년."

"난 하야카와 리리야. 친하게 지내자."

"응."

리키는 그림물감을 들고는 흘깃흘깃 뒤를 돌아보면서 방을 나갔다.

"세상에, 너한테 저렇게 귀여운 동생이 있을 줄은 상상도 못 했어!"

어째 상대적으로 내가 깎여 내려가는 듯한 기분이 들었다.

"흥, 동생이랑 안 닮아서 미안하다. 유감이지만 난 아버지와 닮았어."

리리는 큭큭 웃었다.

"미안하긴 뭐가 미안해? 그냥 넌 크고 힘이 센 이미지인데 리키는 작고 섬세하고 천사 같다는 말이지."

쳇, 말하지 않아도 안다니까. 화제를 돌리고 싶었다.

"프로젝트 얘기나 하자"며 티 나지 않게 말해 본다.

리리는 고개를 끄덕이고는 책상에 펼쳐 놓은 스케치를 한 장씩 넘겨 본다.

"오호, 이런 의자구나. 그런데 대회에서 제시한 주제는 두 가지잖아. 집에서 편히 쉴 때 쓰는 의자, 아니면 작업이나 공부를 할 때 쓰는 의자, 둘 중에 어느 쪽으로 할래?"

"어느 때든 다 쓸 수 있는 의자가 제일 이상적인데……."

두 가지를 아우르는 의자 스케치도 보여 주었지만 리리는 별로 마음에 들지 않는 모양이었다.

"편하게 지낼 때는 앉는 면이 더 낮고 뒤로 벌러덩 기댈 수 있는 편안한 팔걸이의자가 좋겠지. 그런데 이 디자인은 뭔가 편안한 느낌이 없어. 그런가 하면 작업용 의자로는 지나치게 풀어져 보이고 말이야. 등받이도 각도가 너무 기울지 않았니?"

슬쩍 훑어본 것만으로도 꽤나 잘 파악했다 싶어 좀 부아가 나면서도 탄복하고 만다.

"가능하면 다용도 의자를 만들고 싶어. 도시에는 좁은 아파트도 많고, 여하튼 집이 좁은 사람이 많잖아. 설령 경제적인 여유가 있다 해도 혼자 원룸에서 사니까 좋은 의자를 사지 않기도 하고 말이야. 게다가 그런 방은 다다미가 아니라 마루를 깔았을 테니까, 아마 일하거나 공부할 때도, 뒹굴 때나 밥 먹을 때도, 전부 의자 하나로 해결하지 않을까 싶어."

"정말 그럴까? 원룸의 마룻바닥에는 침대를 놓고, 그 옆에 낮은 테이블과 쿠션을 두고, 보통은 바닥에 직접 앉아서 생활하는 모습이 떠오르지 않니?"

"너 드라마를 너무 많이 보는 거 아니야?"

"무슨 소리야?"

"드라마에 나오는 여자들 방이 보통 그렇잖아. 하지만 인테리어 디자인 잡지에서 '혼자 사는 직장 남성 특집'인가 하는 기사를 읽었는데, 마룻바닥에 직접 앉는 방은 하나도 없더라. 뭐, 군이 그런 방만 선택했는지는 몰라도……."

"흠, 그래?"

리리는 불만스러운 표정으로 나를 쳐다봤다.

"자, 그러니까, 의자는 남성을 위한 가구라는 말이라도 하고 싶은 거야? 뭐, 의자가 권력의 상징이냐?"

"아니, 그런 말이 아니라……."

생각을 정리해서 대꾸하려고 말을 삼켰다.

인간이 의자를 권력의 상징으로 만들었다는 것은 사실이다. 하지만 지금 시대에는 그렇지 않다. 사회에 나가 혼자 사는 남성에게 의자가 필요한 것은 왜일까?

"……아마도 남자는 몸이 딱딱하니까 그런 게 아닐까?"

"뭐라고?"

"음, 대체로 여자가 몸이 더 유연하잖아. 체육 시간만 봐도 그래. 선생님도 남자애들한테 몸이 너무 딱딱하다고 소리를 지르고 말이야."

"아아, 뭐 그런 식으로 말하면 그럴 수도 있겠네."

"남자는 직접 마룻바닥에 앉는 것보다 의자에 앉는 쪽이 더 편하지 않을까? 옛날처럼 무릎을 꿇고 정좌를 하거나 책상다리 자세로 바닥에 앉는 습관도 없어졌으니까. 어쩌면 상징적인 의미는 있을지 모르겠지만……."

"흠, 글쎄."

리리는 미간을 찌푸리며 생각에 잠긴다.

"그러고 보니까 오키나와로 이사 간 오빠 방에도 의자가 두 개나 있었어. 공부할 때 앉는 의자하고 음악을 듣거나 텔레비전 볼 때 앉는 푹신한 팔걸이의자하고…… 하지만 내 방에는 공부용 의자만 있어. 느긋하게 쉴 때는 바닥에 깔아 놓은 러그에 앉은뱅이책상을 놓고 철퍼덕 앉아서 쉬어."

나는 고개를 주억거렸다. 분명히 어머니도 의자보다는 응접실 다다미 바닥에 앉는 게 편하다고 했다. 하지만 나와 아버지는 그렇지 않다.

"나도 너희 오빠처럼 의자에 앉는 게 더 편해. 바닥이나 다다미에 직접 앉는 것도 좋아하지만 말이야. 그래도 계속 정좌하고 있으면 무릎이 저리고, 책상다리도 좋지만 몇 시간 동안 그 자세로 영화를 보거나 책을 읽다 보면 아무래도 불편하지. 바닥에 앉는 의자도 괜찮지만 우리 집 거실은 좁기 때문에 사람 수만큼 의자를 놓을 여유는 없어. 으음, 그리고 무릎과 허리가 안 좋은 사람은 의자가 꼭 있어야 해. 우리 할아버지는 바닥에 앉으면 일어서지 못하시거든."

"네 말이 맞아."

"음, 그래서 말인데 어떻게든 두 가지를 겸비한 의자를 만들고 싶어."

리리는 내 스케치를 한동안 바라본다.

"알겠어. 그러면 말이지, 만약 이 의자의 실물이 여기에 있으면 뭘 하고 싶어?"

"그건 그러니까……."

내가 스케치해 놓은 의자를 상상한다.

"공부도 하고, 컴퓨터도 하지, 뭐. 하지만 앞에 책상을 두고 윗몸을 구부리는 자세가 아니라 뒤로 몸을 젖히고 좀 불량스럽게 앉아서 노트북이나 태블릿 같은 것을 하고 싶어. 책상을 좀 경사지게 기울일 수 있으면 좋을 것 같아. 내가 조사해 봤는데, 각도를 조절할 수 있는 책상이 꽤 많은 모양이야. 곁에 작은 테이블을 놓을 수 있게 해도 좋을 것 같아. 음, 그리고 스케치를 하거나 스마트폰을 하거나……."

"만화나 책을 읽기도 하고……."

"그렇지. 그리고 컵라면 정도는 먹을지도 모르지."

"정말 무슨 일이든 할 수 있는 만능 의자구나."

"응, 만들기 힘들겠다. 그런데 그 의자, 앉음새가 괜찮아?"

리리는 새삼스레 의자에 등을 기대면서 고개를 까딱했다.

"응, 느낌이 참 좋아."

"예전에 할아버지가 만든 의자인데, 식사할 때도 공부할 때도 안성맞춤이야. 그런데 긴장을 좀 풀고 휴식을 취할 때는 등받이가 너무 꼿꼿해서 별로 쾌적하지 않더라고. 그래서 이런 의자를 개량해서 작업할 때도 쓸 수 있는 쾌적한 의자로 만들고 싶어."

리리는 몇 번이나 고개를 끄덕였다.

"분명히 할아버지가 설계한 의자는 무척이나 훌륭하지만, 텔레비전을 볼 때는 좀 불편해. 대회에 응모하려면 휴식용 의자랑 공부나 작업용 의자 중에서 한쪽으로 정해 놓지 않으면 곤란하지 않아?"

다 그럴듯한 지적이다.

"응모 규정에는 분명히 주제가 두 가지로 정해져 있는데, 어느 쪽을 선택하지 않으면 실격이라고 쓰여 있지는 않아. 좀, 모험이 될지도 몰라."

"뭐? 그래? 잠깐만 줘 봐."

리리는 대회의 응모 요강을 소리 내어 읽는다.

"어라, 정말이네. 실격이라는 말은 없어. 하지만 심사위원이 합격자를 정할 때 곤란하지 않을까?"

"흐음, 어쩌지?" 리리는 계속 중얼거린다.

"이것 말고도 아이디어가 떠오를지도 모르겠는데, 시험 기간이 얼마 안 남았으니까 미팅은 잠시 동안 연기하자. 공부하는 틈틈이 생각해 놓을게."

스케치한 종이를 정리하면서 이렇게 말하자, 리리는 "응, 그러자" 하고 대답했다.

"나도 성적을 좀 올리고 싶으니까 열심히 공부해야지."

7

아버지와의 전쟁

2주 뒤에 전 과목 시험이 있다. 이 학교는 2학기제라서 중간시험과 기말시험 말고도 4월에 신학기 실력 평가라는 시험을 본다.

아버지의 잔소리를 듣지 않기 위해 난 의자 프로젝트를 멀리하고 공부에 집중하기로 했다. 학교 성적이 좋으면 잔소리 심한 아버지의 감시를 피할 수 있을 것이다. 의자 프로젝트에 몰두하려면 그보다 더 좋은 수는 없다. 성적이 안 좋으면 아버지는 분명히 학원에 가라고 등을 떠밀 것이다.

대회 출품 마감까지 3개월 남았다. 학원에 갈 시간은 없다.

이른 아침에 조깅을 할 때도 이어폰으로 음악 대신 영어 단어를 들으며 외웠고, 학교에서 돌아오면 곧바로 책을 펼쳤다. 식사와 목욕 시간 이외에는 밤중까지 계속 공부했다. 텔레비전은 커녕 인터넷이나 스마트폰도 거들떠보지 않았다. 마치 막바지에

몰린 수험생처럼 오로지 공부에만 매진했다.

때때로 모든 것을 내팽개치고 달아나고 싶을 때가 있다. 동생처럼 몸이라도 약했으면 좋았을지도 모른다는 생각까지 들었다.

리키는 원인을 알 수 없는 선천적 허약 체질이라고 한다. 자주 빈혈을 일으키거나 고열에 시달려서 구급차를 부른 적도 있다. 거의 누워 지낸 탓에 나이에 비해 근육도 붙지 않았다. 무거운 것도 들지 못하고 달리기를 하면 금방 넘어진다.

그러니 리키는 무슨 일을 해도 부모님께 야단맞지 않는다. 살아만 있어 준다면 그것으로 족하다. 아버지는 나에게 엄하게 대하지만 리키에게는 그렇지 않다. 엄마는 리키를 눈에 넣어도 아프지 않다고 할 만큼 귀여워한다.

피부가 희고 몸이 작고 천사같이 얼굴이 귀엽게 생긴 리키는 제멋대로 군다. 솔직히 말해 나는 리키에게 질투를 느낀다. 몸 상태가 좋을 때도 마냥 놀기만 하는데 절대로 혼나는 법이 없다. 교활한 자식! 내가 생각해도 참 정떨어지는 형이다. 그래도 동생이 귀엽다는 생각은 들지 않는다. 속이 뒤집힌다는 생각은 시도 때도 없이 들지만.

나는 부모님한테 귀여움을 받은 기억이 별로 없다. 과자든 장난감이든, 심지어 텔레비전 채널까지 선택권은 언제나 리키에게 있었다. "네가 형이니까 양보해라", "네가 형이니까 모범을 보여라", "넌 몸이 튼튼하니까 언제 어디서든 리키를 지켜 줘야 한다"는 말만 줄곧 들어 왔다.

리키의 귀여운 얼굴을 때려 주고 싶다고 생각한 게 한두 번이 아니다. 하지만 고함치며 화를 내면 금방이라도 울먹거리는 모습에 때릴 마음이 없어진다. 얄밉기 그지없지만 리키의 눈물을 보면 온몸에서 노여움이 빠져나간다. 상대가 나와 비슷한 얼굴과 체격을 가졌다면 맞붙어 싸울 수 있었을지도 모른다.

감기 한번 걸리지 않는 튼튼한 나는 리키의 몫까지 떠맡아 두 배로 기대를 받아 왔다. 왜 기대한 만큼 해내지 못하느냐고 아버지에게 지독하게 혼나고 뺨도 맞았다.

다행히 건강한 몸과 두뇌를 갖고 태어났는데 왜 좀 더 노력하지 않는 거냐? 넌 무슨 일이든 할 수 있잖아. 가엾은 리키 몫까지 네가 열심히 해야 하는 것 아니냐? 넌 노력이 부족해. 끈기도 없고. 속으로 어리광이나 부리고 말이야. 쯧쯧.

얼른 어른이 되어 아버지를 무서워하지도 않고 리키에게 질투를 느끼지도 않고, 내가 하고 싶은 일이나 마음껏 하고 싶다. 하지만 일단 지금은 아버지의 눈을 피하기 위해서라도 공부해서 시험을 잘 치는 수밖에 없다.

나는 종이에 다짐을 써서 벽에 붙였다.

"꿈을 이룰 때까지 조금만 참자."

공부하기 싫어하는 내가 참고 공부하기 위한 마법의 표어다.

지금은 괴롭고 힘들지만 영원히 계속해야 하는 것은 아니다. 조금만 견디자.

그렇게 생각하면 조금은 마음이 편해진다.

신학기 실력 평가의 결과는 아주 좋았다. 학급에서 1등이었고 학년 전체에서는 5등이었다.

상위 30등까지는 복도에 이름을 써 붙여 놓는다. 가토 슌은 내 등을 몇 번이나 두드리며 장난기 섞인 헛소리를 했다. "야, 너 정말 대단한 놈이구나. 아야노가 입에 침이 마르게 널 칭찬하더라. 이야, 내가 너한테 질투심을 좀 느꼈는걸."

얘기도 나눠 본 적 없는 반 친구들이 관심을 갖고 말을 걸어 주기 시작한 건 기쁜 일이었지만, 솔직히 말해 아차 싶었다. 너무 열심히 했다. 설마 1등을 하리라고는 꿈도 꾸지 않았으니까.

처음에는 중간에서 상위권에 들면 좋겠다고 생각했다.

아마도 편입 시험을 칠 때 밤낮으로 공부한 게 뇌리에 박혀 있던 탓일 것이다. 시험 내용은 거의 2학년 때 배운 것을 복습하는 수준이었으니까.

그렇지만 일이 이렇게 돌아가면 아버지에 대한 대책으로서는 최악이다. 아버지 성격으로 보건대, 한번 1등으로 올라선 이상 성적이 떨어지는 걸 봐주지 않을 것이다. 더 이상 기대하는 것도 곤란하고, 등수를 유지하는 것도 큰일이다. 아버지도 신학기 실력 평가가 있다는 사실은 알고 있겠지만, 성적을 알리지 않을 방법은 없을까?

난 무거운 마음으로 성적표를 주머니에 넣었다.

그날 리리와 하교하는 길에 역 근처 편의점 앞에서 웅성거리고 있는 반 아이들과 마주쳤다.

가토 슌이 무턱대고 와타나베 아야노에게 찰싹 달라붙어 꽁냥 꽁냥 하는 모습을 보았다. 무슨 일이 있어도 아야노와 사귀겠다는 꿈을 드디어 실현했나 보다.

살짝 손을 들어 가토 슌에게 인사했다. 아야노가 그 애한테 뭔가 속닥거리는 것 같았지만 그대로 지나치려고 했다.

"야, 좀 기다려 봐."

가토 슌이 다가왔다.

"너 말이야."

가토 슌은 리리를 흘깃 쳐다보고 목소리를 낮추었다.

"바지카와하고는 관둬. 아야노가 그러는데, 저 애는 별난 데다 다른 애들과 섞이지 못하는 성격이라서 사귀지 않는 게 좋대. 너라면 더 예쁘고 괜찮은 애를 사귈 수 있을 거라던데?"

아무리 목소리를 낮추었어도 가토 슌이 한 말은 틀림없이 바로 옆에 있는 리리에게도 들렸을 것이다. 리리 쪽을 슬쩍 보니 '내 알 바 아님' 하는 표정을 짓고 있다. 이런 쓸데없는 대화에는 관심이 없겠지. 그건 그렇고 '더 괜찮은 애'라는 말은 도대체 무슨 소리야……?

나는 일부러 소리를 높여 잘 들리게 말했다.

"아, 나하고 리리는 뭐 그런…… 네가 생각하는 그런 관계로 사귀는 게 아니야. 우리는 어떤 프로젝트를 위해 팀을 만들었어. 그뿐이야."

말을 뱉고 나서 어쩐지 개운하지 못한 느낌이 들었다. 리리에 대해서 나쁘게 말하지 말라고 확실하게 편들어 주었어야 했는지도 모른다.

"흥, 그래? 하지만 둘이 만날 붙어 다니니까 다들 너희가 사귄다고 생각해. 알고는 있냐?"

가토 슌이 이번에는 평소의 목소리 톤으로 말했고, 반 애들을 돌아보니 다들 고개를 끄덕거리고 있다.

그때까지 시치미를 떼고 있던 리리가 갑자기 한 걸음 앞으로 나섰다.

"저기, 우리는 너희가 생각하는 그런 사이 아냐. 의자 프로젝트를 함께 진행하는 파트너일 뿐이라고. 신이랑 사귀고 싶은 사람이 있으면 얼마든지 사귀렴. 자, 내가 기꺼이 비켜 줄 테니까."

리리가 어느새 정색하며 맞서고 있다는 느낌이 들었다. 아무리 털털한 리리라도 이렇게 확실하게 '별난 애' 소리를 들었으니 상처를 입었을지도 모른다.

"아하, 의자! 하하, 그렇구나. 참, 그러고 보니 리리네 집이 의자 만드는 회사지?"

가토 슌이 돌연 납득했다는 표정을 짓고는 애들 있는 곳으로 돌아갔다.

난 시선을 돌려 와타나베 아야노를 한번 쳐다봤다. 예쁘장한 얼굴에 웃음기를 띠고는 리리를 별난 애 취급한 그 눈매로 나를 보고 있다.

저런 애가 어디가 좋다는 거야? 가토 슌이 저 애를 좋아하는 이유를 모르겠다. 분명 겉으로 보기에는 아이돌처럼 귀여울지 모르지만, 가구에 빗대서 말하면 어쩐지 미장합판(합판에 플라스틱을 덮어 빛깔, 강도, 내화성, 내구성 등을 높인 것) 같은 것이 떠오른다. 표면만 번지르르하고 화려한 얇은 판에 안은 싸구려 베니어판. 더구나 벽에 붙이는 면도 천연 소재가 아니라 나뭇결을 인쇄한 플라스틱 시트다. 결점 없는 나뭇결을 반복적으로 프린트해서 새것일 때는 감촉이 부자연스러울 정도로 매끈하지만, 오래 사용하면 끄트머리부터 뒤집어지고 지저분하게 부서져서 떨어진다. 진짜 나무라면 깎아서 복원할 수 있지만 그럴 수 없다. 가짜니까.

나는 와타나베 아야노 앞으로 몇 걸음 다가갔다.

이제까지라면 절대로 이런 짓은 하지 않았을 것이다. 학급에서는 적당히 두루두루 잘 지내는 것이 가장 좋으니까.

"아야노!"

"왜 그래?"

와타나베 아야노는 특유의 응석받이 같은 눈으로 나를 빤히 쳐다보았다.

"리리는 별난 애가 아니야. 좋은 의미로, '평범한 애'는 아닐지 몰라도 말이지. 그리고 무엇보다 내가 누구랑 사귀든 그건 내가 알아서 할 일 아닐까? 그럼 난 바빠서 이만."

가토 슌을 가볍게 노려보고 나서 난 급하게 걷기 시작했다.

단순히 태평스럽다고 생각했던 가토 슌이 요새 들어 좀 변했다 싶은 게 와타나베 아야노 탓이었을까? 전에는 리리에 대해서 "개성이 강하다고 할까, 재미있는 애 같아" 하고 말했는데. 지금은 별나다는 둥 다른 애들과 섞이지 못하는 성격이라는 둥 아야노가 하는 말을 그대로 받아 주고 있다.

뭐야, 아야노의 전령 비둘기라도 된 거야? 가토 슌의 성격을 급하게 바꾸어 놓을 만큼 저 여자애가 영향력이 있는 걸까? 아니면 저놈은 처음부터 그런 수준밖에 안 되었던 걸까?

쳇, 어쩌면 저놈하고는 친구가 될 수 있을지도 모르겠다고 생각했는데…….

"저기, 신!"

걸으면서 리리가 말했다.

"그런 말을 해 버리면 앞으로 곤란하지 않겠어? 아야노도 가토 슌도 인기가 많은 애들이야. 너 반에서 따돌림 당할지도 몰라. 난 혼자 집에 갈 테니까 저 애들이랑 같이 가는 게 어때?"

"리리, 농담이라도 그런 말 하지 마."

멀어지는 편의점 쪽에서 아직 웃음소리가 들려온다. 지금 저쪽으로 돌아가 또다시 무슨 말을 듣는다면 냉정을 유지할 수 없을지도 모르겠다.

어쩌면 적당히 듣고 넘겨야 했는지도 모른다. 어차피 놀림 당하는 것 이상도 이하도 아니니까. 왜 그렇게 입바른 소리를 했을까? 내 마음을 나도 잘 모르겠다. 지금까지는 번거로운 일에 휘말리지 않도록 언제나 다른 애들과 잘 섞여 노는 척하며 자신을 맞추어 왔다.

하지만 그냥 입을 다물고 침묵할 수 없었다. 누군가 가족을 손가락질한 것처럼 퍽 모욕을 받은 느낌이었다. 리키가 동급생에게 둘러싸여 괴롭힘을 당하는 걸 보고 울화가 치밀어 다 들어서 내던져 버리고 싶었던 때와 비슷했다.

문득 자신이 엄청난 속도로 걷고 있다는 것을 깨달았다. 당황해서는 속도를 늦춘다.

"아, 다행이야. 넌 정말 걸음이 빨라. 팀에서 탈락하기 일보 직전이었어!"

리리는 숨을 헐떡거리면서 말했다.

나도 모르게 웃음이 나왔다. 리리는 팽팽하게 당겨진 내 신경줄을 잘 풀어 줄 줄 아는 친구다.

"미안해. 나도 모르게 걸음이 빨라졌어. 저 애들은…… 뭐, 됐어. 떠들고 싶은 놈들은 떠들라고 하지, 뭐. 그런 것보다 모처럼 시험도 끝났는데 프로젝트에나 마음껏 매달리자."

"그럼, 그럼, 이렇게 나와야지."

"오늘은 이대로 곧장 집으로 가고, 내일은 토요일이니까 아침부터 우리 집에서 작업하면 어떨까? 아버지는 토요일에도 출근해서 집에 안 계시니까."

"좋아, 그러자."

집에 돌아와 스케치를 하고 있는데, 엄마가 하도 꼬치꼬치 캐묻는 바람에 성적표를 보여 드리고 말았다.

성적표를 잃어버렸다든가 아직 결과가 나오지 않았다고 거짓말을 할까도 생각했는데, 어차피 학교에 물어보면 들통나 버릴 일이다.

"어머나, 신! 참 잘했구나. 아버지가 얼마나 기뻐하실까?"

어머니는 뛸 듯이 기뻐하면서 말했다. 저녁밥은 내가 좋아하는 불고기를 만들 거라며 장을 보러 나가셨다.

아버지를 기쁘게 해 드리려고 공부하는 자신이 한심하다. 한심하지만 어쩔 수 없다. 꿈을 실현할 때까지 조금 참아야 한다.

다시 스케치에 매달린다.

아무래도 내 마음에 차는 것을 그릴 수 없다. 작년 달력의 뒷면이나 예전 학교에서 쓰던 노트의 남은 페이지 등 스케치를 할 종이는 쌓여 있다. 그걸로도 모자라서 싸게 파는 복사 용지 꾸러미에서 새하얀 종이를 꺼낸다. 하얀 종이를 보면 약간 긴장해서 끄트머리부터 작게 스케치를 그려 나간다.

종이를 낭비하지 말고 화이트보드를 사용할까 생각하는 중에 "다녀왔습니다" 하는 낮은 목소리가 현관에서 들렸다.

아버지다.

금요일 치고는 귀가가 이르다. 언제나 회사에서 접대다 회식이다 하면서 밤중에 들어오는 일이 많은데 말이다. 아마도 토요일인 내일도 출근하기 때문일 것이다.

나는 급히 일어나 할아버지 방을 지나 응접실을 가로질러 나갔다. 지금 방에 들어오게 하고 싶지 않았다.

"신학기 실력 평가는 결과가 어떻게 나왔냐?" 현관에서 내 얼굴을 보자마자 아버지가 물었다. 그렇게 물을 줄 알았다. 어쩔 도리가 없으니 주머니에서 성적표를 꺼내 아버지에게 내밀었다.

"공부는 알아서 잘하고 있어요."

점수는 무시하고 등수만 보더니 아버지는 만족한 듯이 웃음을 지었다.

"잘했다. 이 정도라면 내년에 고등학교 입학시험도 잘 볼 수 있겠구나."

또 그 소리다!

가슴속에 쌓여 있던 무언가가 불끈불끈 목구멍으로 치고 올라왔다.

"어째서 또 시험을 봐야 해요? 내…… 내가 얼마나 노력해서 이 학교로 왔는지 아세요? 고등학교 입시를 피하려고 그렇게나 노력한 거라고요. 아빠도 고등학교로 자동 진학하는 중학교에 찬성하셨잖아요. 그런데 왜 또 그런 얘기를 하시는 거죠?"

드디어 이렇게 받아쳤다.

거대한 벽이 조금 낮아진 것 같다. 아니, 낮아진 것은 아버지가 아니다. 내가 우뚝 커 버린 것이다.

"아빠라고 부르지 말라고 했지? 몇 번째냐? 아버지라고 불러라……. 잘 들어, 신! 지금 다니는 학교도 나쁘지는 않아. 하지만 너라면 더 위에 있는 톱클래스 고등학교도 바라볼 수 있어."

다른 때 같으면 그냥 '그렇겠지요' 하고 말았을 것이다. 받아친다고 해도 아버지가 받아들이지 않으리라는 건 잘 알고 있다. 그래도 비겁하게 뒷걸음치고 싶지는 않았다.

"더 위에 있다는 말이 뭐예요? 아하, 이거요? K대학 부속고등학교를 나와 K대학 경제학부에 들어가서, 아니, 그보다 더 좋은 T대학에 들어가서, 일류 기업의 엘리트나 관료가 되는 거요? 이거 말인가요? 그건 아빠…… 아니, 아버지 꿈을 강요하는 거잖아요."

예전부터 하고 싶었던 말을 결국 입 밖으로 내 버렸다.

아버지의 안색이 변했다.

"네 장래를 생각해서 하는 말이야. 그걸 모른단 말이냐?"

힘이 들어간 목소리에 유리창이 부르르 흔들렸다.

그렇다고 질 줄 알고.

"장래라고요? 그렇게 말씀하시니까 말하겠는데요. 전에 다니던 중학교에 시로이시白石라는 애가 있었어요. 걔 아버지는 T대학을 나오신 엘리트인데 일류 증권사에서 뼈 빠지게 일하면서, 할리우드에나 있을 법한 으리으리한 저택을 지어서 살았어요. 하지만 어느 날 부정 거래 혐의를 받고 기업이 망해 버려서 걔 아버지는 해고당했고, 걔네 부모님은 이혼까지 했어요. 시로이시는 아파트로 이사했다고 울었어요. 아버지가 말하는 안정적인 직장이 이런 건가요?"

숨 돌릴 틈도 없이 마구 쏟아 냈다. 더 이상 속으로만 삭일 수 없었다.

아버지는 서류 가방을 마루에 내려놓고 자세를 고치더니 팔짱을 끼었다.

나도 모르게 한 걸음 뒤로 물러났다.

고등학교와 대학교에서 럭비를 했다는 아버지는 체격이 무척 크다. 마치 두꺼운 벽 같다. 그 벽이 팔짱을 끼면 무지하게 위압감이 든다.

"신! 그렇게 극단적인 예나 들어 봐야 아무 소용없다. 그 사람은 운이 나빴잖아. 대개는 그렇지 않아. 좋은 대학에 가서 취업

률이 좋은 학과를 졸업하면 선택지가 늘어난다. 스스로 길을 개척할 수 있는 거야. 아직은 네가 이해하지 못할 수도 있지만, 난 이런저런 경우를 수도 없이 봐 왔어. 그러니까 너한테 말할 수 있는 거다."

논박할 말을 찾는다.

무슨 말을 하면 곧바로 '아직은 네가 이해하지 못할 수도 있지만' 하고 대꾸한다. 고등학생이 되면 이해할 수 있을까? 대학생이 되면? 취직하고 나서? 아버지 나이가 되어야만 이해할 수 있는 걸까?

"너, 지금 그 반항적인 태도가 뭐냐? 자, 나도 묻겠다. 넌 대체 무슨 일을 하고 싶은 거냐? 네 목표가 뭐냔 말이다."

당장 대답하고 싶다.

내가 이루고 싶은 목표는 의자 디자이너다. 의자만은 아닐지 모른다. 제품디자인 전반일 수도 있다. 하지만 특별히 의자를 설계하고 싶다. 미국의 찰스와 레이 임스Charles & Ray Eames처럼. 이탈리아의 지오 폰티Gio Ponti처럼. 덴마크의 한스 베그너Hans Wegner처럼. 핀란드 태생의 에로 사리넨Eero Saarinen처럼. 아름답고 앉으면 편안해서 역사에 길이 남을 의자를 디자인하고 싶다.

이렇게 말하고 싶다. 하지만 난 입술을 앙다물고 침묵했다.

아직 이르다. 지금 말하면 짓밟힌다.

"잘 들어라, 신! 경제학부에 가라고는 하지 않겠다. 공학부나 의학부도 괜찮아. 너는 그림이나 소설을 좋아하는 모양인데, 미술이나 디자인이나 문학 같은 것을 직업으로 삼지는 말라는 말이다. 제대로 살 수 있는 길을 선택해."

내 마음을 읽어 낸 듯싶어 가슴이 철렁했다.

"아버지는 도대체 무슨 기준으로……."

이렇게 대꾸하려는 찰나 어머니가 장을 보고 돌아왔다.

"어머, 여보, 일찍 오셨네요. 두 사람, 현관에 버티고 서서 뭐 하고 있어요? 오늘은 싸우지 마요. 우리 아들이 1등 받아 온 걸 축하해야지요. 자, 자, 얘야, 응접실 좀 치워 주고, 2층에 올라가서 리키 좀 불러 와라. 불고기 파티 하자!"

어머니의 목소리는 이 자리에 어울리지 않게 명랑하다.

"여보, 목욕물 받아 놨소? 우선 목욕부터 해야지."

쳇, 목욕물 정도는 스스로 준비하시죠.

속에서 욕지거리가 스멀거린다.

"어머, 목욕물은 아직 안 받았어요. 금방 준비해 드릴게요."

어머니가 슬리퍼 소리를 내며 부랴부랴 목욕탕으로 달려가자, 아버지는 탕탕 소리를 내며 잘났다는 듯 방으로 걸어가고, 나는 열도 나지 않는데 학교에 안 간 리키의 만화책과 게임을 정리하기 시작한다.

할아버지는 언제나 앉아 있는 팔걸이의자에서 응접실의 커다란 텔레비전을 쳐다보며 꾸벅꾸벅 졸고 있다. 아니, 졸고 있는 척하는 건지도 모른다.

요즘 들어 이런 생각이 든다. 훌훌 세속을 떠나 자유로워진 옛날의 장인인 할아버지가 엘리트를 고집하고 남들에게 내세우기 좋아하는 아버지보다 훨씬 고단수라고. 아버지와 할아버지가 말다툼하는 것을 들은 적이 없다. 아버지가 할아버지를 싫어한다는 건 알지만 싸움은 하지 않는 것 같다. 할아버지가 들어도 못 들은 척하기 때문일까?

아버지는 일흔이 되어서도 변함없이 불평불만을 계속 쏟아 낼 것 같다. 할아버지처럼 온화한 노인은 되지 못할 것이다.

도대체 언제까지 이렇게 계속 잔소리를 들어야 하는 걸까. 아니면, 언제부터 나는 아버지의 말을 제대로 되받아칠 수 있을까.

8
최강의 파트너

"이런 곡선은 무리야. 이걸 만드는 데만 1년은 걸릴 테니까."

리리는 스케치를 보고 이렇게 지적했다.

아버지가 아침 일찍부터 회사에 나간 덕분에 아침부터 리리와 프로젝트로 씨름하고 있다.

"1년이나 걸린다는 말은 허풍 아니야?"

"아니, 정말이야. 이렇게 하면 곡목曲木도 성형 합판도 쓸 수 없으니까 흠 없는 나무를 깎아 내는 수밖에 없어. 그런 건 시간이 엄청나게 걸리고, 내가 만들기는 힘들어. 재료비만 해도 너무 비싸다고."

이 말을 듣고 뜨끔했다. 뜨겁게 쪄 낸 나무를 틀에 넣어 구부리는 '곡목'이나 얇은 판을 접착제로 붙여 프레스로 가공하는 '성형 합판'에 대해서는 들어 본 적이 있다. 그렇지만 이 디자인을 실제로 구현하려면 어떤 기술이 필요할까에 대해서는 전혀 생각해 보지 않았다.

"그렇구나……. 그럼 이런 스케치는 다 내버려야겠네."

스케치 몇 장에 커다랗게 ×표를 그렸다.

"어쨌든 기본 소재는 나무로 할 거지?"

"응" 하고 대답은 했지만 자신감이 떨어졌다.

"그런데 건재상에서 파는 값싼 베니어판이라면 좀 알지만, 그 밖에 목재에 대해서는 전혀 몰라."

"목재를 취급하는 가게 홈페이지에 나와 있어. 나중에 괜찮은 사이트를 알려 줄게. 그런데 목재가 얼마나 필요할지 짐작 못 하겠지?"

"미안. 하나도 몰라."

아무것도 모르는 자신에게 놀랐다. 리리는 무엇이든 잘 알고 있다. 동갑이라고는 도저히 믿을 수 없다.

"사과할 것까지는 없어. 모르는 게 보통이니까. 괜찮아. 신경 쓰지 마."

리리가 자기 딴에는 날 위로해 주려고 아무렇지 않은 듯 말했다. 나 자신이 한심하게 느껴졌지만 말없이 고개를 끄덕였다.

"아, 그리고 말이야, '학교에서 내 준 기술 숙제로 의자를 만들어야 한다'고 말하면 우리 회사에서 가공 기계를 빌릴 수 있을 거야. 하지만 재료는 우리가 마련해야 해. 기술자들이 재고량을 무척 꼼꼼하게 점검하거든."

사실 그런 점도 별로 생각하지 못했다. 디자인에만 마음을 빼앗겨 목업을 만드는 공정을 까맣게 잊고 있었다.

난 고개를 주억거리면서 벌떡 일어나 책장 구석에 숨겨 둔 봉투를 확인했다.

"일단 나한테 세뱃돈이랑 용돈 모아 둔 게 있어. 음, 이거…… 3만 엔 정도인데 부족하지 않을까?"

목재와 천, 쿠션 재료 등 전부 합치면 재료비가 얼마나 들지 짐작이 안 간다.

"음, 액수에 맞춰서 만들지, 뭐."

"그래야겠지."

"여차하면 나한테도 돈이 좀 있어. 부모가 사 주는 수수한 옷 말고 내 마음에 드는 옷으로 멋 좀 내라고 양쪽 할아버지와 할머니가 작년에도 올해도 세뱃돈을 듬뿍 주셨거든. 나야 어차피 옷은 안 살 거니까."

나도 모르게 웃었더니 리리는 "약 오르지?" 하고 혀를 내민다.

"오빠가 입던 옷을 물려받으면 되는걸. 남성복 디자인이 더 마음에 드니까. 나라고 멋 내는 일에 관심이 없는 건 아니야. 영화나 텔레비전에서 멋쟁이를 보면 눈이 번쩍 뜨이니까 말이야. 하지만 옷 사러 가는 건 귀찮아."

자기가 가져온 과자를 아작아작 씹으면서 리리는 말했다. "먹을래?" 하고 내밀었지만 캐러멜 맛은 별로 좋아하지 않는다.

"나도 그래. 마음에 드는 옷을 입고 싶지만 코디하는 게 귀찮아. 그래서 아래는 청바지, 위에는 항상 무늬 없는 남색이나 암청색 티셔츠 아니면 운동복을 입어. 같은 파란색 계통이라도 청

록색이나 짙은 하늘색은 쳐다보지도 않아."

리리는 깔깔대고 웃었다.

"이러니저러니 해도 색깔은 고집스럽게 고르는구나. 나도 동감이야. 파란색끼리도 톤이 다르면 맞춰 입기 어렵잖아. 초록빛이 나는 파랑과 자줏빛이 도는 파랑은 다르니까. 그러면 차라리 녹색이랑 파란색을 조합해서 입는 게 낫지."

"그래, 맞아. 바로 그거야!"

리리는 구조에만 흥미를 느끼고 색깔에는 흥미가 없는 건가 싶었는데.

"같은 파란색 계통이라면 뭐라도 잘 어울린다고 생각하는 사람도 적지 않거든."

"맞아, 그런 사람들 있어."

"같은 색 계통으로 코디할 바에야 한 가지 색상의 농담濃淡 차이로 코디하면 간단하겠지만 말이야."

"거기에 포인트만 주거나……."

"맞아. 회색 같은 색깔은 특히 어려워. 나는 비슷한 농도의 따뜻한 회색과 차가운 회색은 조합하고 싶지 않아. 아 참, 미안. 얘기가 옆길로 새 버렸네. 저기, 재료비 얘긴데……."

"응. 메모할게."

리리는 녹차를 훌훌 다 마시고는 노트에 메모하기 시작했다.

신 2만 엔, 리리 2만 엔.

"난 3만 엔 있다니까."

"재료비로 다 써 버리면 안 돼. 무슨 일이 있을지 모르니까 여웃돈을 남겨 둬야 한다고. 이게 철칙이야. 그러니까 2만 엔씩 내자. 이 이상은 절대로 쓰지 않기로 하고 말이야. 이 금액으로 어떻게든 해 보자. 보이지 않는 곳은 폐자재를 쓰든지 하고."

"이야, 과연……."

"그리고 천은 쓰고 남은 것을 받아 올 테니까 문제없어. 우레탄 같은 쿠션 재료는 별로 안 비쌀 테고, 폐자재도 있으니까 괜찮겠지. 볼트와 나사도 오케이. 무조건 비용 절약, 또 비용 절약이야. 음, 문제는 목재지. 작은 것이라면 제품을 가공하고 난 뒤에 남은 끄트러기를 받아 오면 되는데, 큰 것이라면 살 수밖에 없으니까."

"응."

"도장塗裝(목재 표면을 보호하고 내구성과 외관을 개량하기 위해 페인트, 래커, 왁스 같은 도료로 코팅하는 일)도 문제없어. 도료 정도는 우리 회사 것을 써도 되니까."

"괜찮을까? 신세를 지고 싶지는 않은데……."

"문제없어. 언제나 회사 공방에서 의자 만드는 연습을 하니까. 내버리는 목재 조각을 받아서 이어 붙이고, 손질해서 고치고, 색을 칠하고, 남아도는 천을 받아서 쿠션을 만들곤 하거든."

정말이지 두 손 들었다. 묵묵히 의자를 만드는 리리의 모습이 눈에 선하다.

"모델러가 되기 위해 태어난 것 같네."

"네가 봐도 그렇지?"

리리는 의기양양하게 웃는다.

"그러니까 도장 정도는 문제도 아니야. 좋은 목재에는 손도 못 대. 비싸기도 하고, 주문에 맞추어 재고를 빡빡하게 관리해서 마음대로 쓸 수 없거든. 하지만 목업을 만들 값싼 목재도 얼마든지 있으니까 그런 건 마음대로 써도 돼. 그다지 훌륭한 목재는 아니지만 형태만 보는 거니까, 뭐……. 아 참, 그리고 쇠파이프 같은 것도 쓸 수 있어. 싸기도 하고, 잔뜩 있거든. 재생할 수 있으니까 얼마든지 쓸 수 있어."

"다음에 공장에 가 보고 싶은걸."

"놀러 와. 기술자 아저씨들 작업을 방해하면 안 되니까 저녁에 작업 끝나기 바로 직전에."

"응, 꼭 갈게."

"그럼 우선 제작 과정을 정리해 보자."

노트에 척척 써 내려가는 리리의 손을 쳐다본다. 나는 스케치만 그렸다. 머리로 생각만 굴렸을 뿐이지 구체적인 일은 하나도 모른다. 리리의 실무 능력을 잘 배워야겠다고 생각했다.

"자, 대강 이 정도인 것 같아."

노트에는 필요한 재료, 갖다 쓸 수 있는 재료, 사야 할 재료, 대략적인 비용 상한선, 일정 등이 표로 그려져 있다.

"오오, 전문가 냄새가 나는데? 이야, 진짜 든든하네."

"이런 일, 할아버지가 나한테 자주 시켰어. 여름방학에 내 의자를 만들기 전에 반드시 말이야. 이런 일부터 시작하지 않으면 안 된대. 의자 만드는 집안이라고 멋대로 쓸 수 있는 재료가 얼마든지 있는 것처럼 굴지 말라고도 하셨어. 아이디어부터 설계,

사용할 재료나 기술 확인, 비용 계산과 일정 관리까지 책임감을 갖고 하래."

"우아, 대단하구나……."

리리와 자신의 수준 차이가 뼛속 깊이 느껴졌다.

"그런데 나한테는 말이야, 너처럼 새로운 의자를 생각해 낼 능력은 없어. 이러쿵저러쿵 평가하거나 사진을 보고 똑같은 모형을 만들 수는 있지만, 새로운 아이디어는 떠오르지 않아. 그림도 못 그리고……."

"그런가?"

"그런 거야. 서로 못하는 일을 보완해 줄 수 있어야 팀이라고 할 수 있지. 그럼 된 거지? 디자인은 너한테 맡길 테니까 모형 제작은 나한테 맡겨."

"응, 그럴게."

손가락으로 V자를 그리는 리리에게 난 맥없이 고개를 끄덕거렸다. 정말로 대회에서 입상할 만한 디자인을 그려 낼 수 있을까? 처음에는 자신 있게 덤벼들었는데, 점점 더 자신감이 없어진다.

노크 소리가 들리더니 문이 열리고 어머니가 얼굴을 내민다.

"점심 먹어라. 리리, 밥 먹고 가렴."

"어머, 죄송해요. 지금 집에 가려던 참이었어요."

리리가 당황한 듯 벌떡 일어났다.

"아니야, 먹고 가. 간단하게 볶음국수 만들었는데, 고기를 듬뿍 넣고 5인분이나 만들었지 뭐니? 밥 먹고 간다고 집에 전화

드리렴. 둘 다 얼른 손 씻고 건너와."

"감사합니다!"

리리는 고개를 숙였다.

"사실, 나……."

리리는 만면에 웃음을 띠고 돌아보더니 말했다.

"볶음국수 무지 좋아해. 하지만 우리 엄마는 지금 채식 다이어트를 한다고 정신이 팔려서 말이지, 고기 들어간 볶음국수 같은 건 생각도 못 해! 우왕, 오늘 운이 억세게 좋은 것 같아!"

"채식 다이어트라고?"

"응, 고기나 생선이나 계란이나 유제품은 절대 먹지 않는 다이어트야! 우리 엄마는 뭐든지 금세 싫증 내는 사람이니까 얼마 못 가서 그만두겠지만……. 손 씻고 먹으러 가자. 할아버지, 할아버지! 진지 드시러 가요."

리리에게 이끌려 할아버지도 몸을 일으키려고 한다.

"어라, 할아버지, 다다미 위에 앉으시려고요?"

이렇게 묻자 할아버지는 헤헷 하고 웃는다.

"리리가 불러 주니까 나도 모르게 몸이 움직이더구나. 가만히 있어야지. 나는 여기서 먹으마."

할아버지는 머리를 긁적거렸다.

점심을 먹은 뒤 우리는 곧바로 프로젝트에 다시 매달렸다. 호기심에 가득 찬 리키가 방에 오고 싶어 하는 것을 잘 막아 냈다.

디자인은 아직 완성하지 못했지만 어젯밤 그린 아이디어 스케치를 책상 위에 펼쳐 놓았다.

"그림 솜씨가 점점 더 좋아지네."

칭찬을 받아도 별로 기쁘지 않다. '앗, 바로 이거다!' 싶은 디자인을 정하지 못한 탓일까? 아이디어를 잘 녹여 내지 못한 스케치를 보며 난 슬그머니 한숨을 쉬었다.

"커피 마셔라."

어머니가 식후 커피를 가져다주었다.

"아, 내가 가져와도 되는데…… 죄송해요."

방 입구에서 쟁반을 들고 우리를 쳐다보는 어머니에게 서둘러 달려갔다.

"잘 마실게요."

"어머나, 이게 뭐니? 의자 디자인이구나?"

고개를 내민 어머니의 시선이 책상 위에 놓인 스케치에 머물렀다.

"아, 그게 아니고……."

어떻게 얼버무려야 할까?

"괜찮아, 신! 나한테는 사실을 말해도 돼. 아버지한테는 잠자코 비밀로 해 줄 테니까."

말은 "뭐, 그렇게까지……"라고 했지만, 책상 위에는 엄청난 양의 의자 스케치가 쌓여 있다. 얼버무려서 넘어가려고 하는 게 오히려 더 이상해 보일 것 같다.

난 사실대로 말하기로 했다.

"사실은 7월에 전국 학생 의자 디자인 대회에 나가려고 하는데…… 음, 뭐라고 할까, 농구 대회에 나가는 기분으로, 그러니까 대단치는 않고……."

"흐음, 좋은 생각 같은데? 리리도 같이?"

"예."

리리 쪽을 흘깃 바라보았다. 리리는 방긋방긋 웃으며 날 쳐다본다.

"리리는 의자 제작 회사에서 어릴 적부터 훈련해 왔기 때문에 아는 것도 많고 일도 무척 잘해요. 여하튼 아버지에게는 일단 비밀로 해 주세요."

어머니는 나와 리리를 번갈아 보더니 고개를 끄덕였다.

"그래서 너희 둘이 팀을 짰구나. 나중에 아버지에게 들켜서 골치 아파질 것 같으면 차라리 지금 실토하는 편이 나을지도 몰라. 아, 6월에 중간시험이 있지? 그 이후가 좋을 것 같구나."

"……네. 음, 생각해 볼게요."

"그러렴. 자, 식기 전에 커피 마셔라. 대회 준비 잘하고."

어머니는 손가락으로 V자를 만들어 보여 주고는 발걸음을 돌렸다.

"하하, 우승하라고 응원해 주신 거지? 우리 열심히 해야겠다. 잘된 거 아냐? 엄마가 인정해 주셨으니까."

리리가 커피에 스틱 설탕을 세 개나 털어 넣으면서 말했다.

"음, 어머니는 별 문제 없어. 문제는…… 아버지야."

리리는 휘휘 저은 커피를 홀짝이면서 "흐음, 그렇구나" 하고 가볍게 대꾸했다. 아버지의 성정을 모르기 때문일 것이다.

"그렇지만 다음에도 전체 석차가 5등쯤 되면 들켜도 무사하지 않을까? 넌 정말 머리가 좋은 것 같아. 부럽다!"

칭찬을 듣고도 마음이 개운치 않다. 필사적으로 공부하다 보면 기억력만 좋아질 뿐이지 그다지 머리가 좋은 것 같지 않다.

대개는 언제나 토하고 싶은 기분이 들 정도로 싫어서 죽겠는데도 억지로 공부한다. 수학이나 영어는 앞으로 도움이 될지도 모른다고 생각한다. 이과 과목 중에서도 물리는 좋아하지만 화학 기호는 의자와 도대체 무슨 상관이 있담.

"……나는 수학 천재인 가토 슌이나 모델러 소질이 있고 기초도 탄탄한 리리가 몇 배나 더 대단하다고 생각하는걸."

수학을 좋아하고 잘하는 가토 슌. 의자 만드는 일을 좋아하고 모델러가 되려고 오랫동안 실기를 쌓아 온 리리. 두 사람 다 좋아하는 일에 두각을 나타내고 있다. 그런데 난? 정말 디자인에 재능이 있는 것일까? 아니면 그저 좋아하기만 하는 것일까?

"아니야, 그렇지 않아! 아, 가토 슌이 수학 천재인 건 확실하지만, 그 애는 잘하는 과목과 못하는 과목이 극단적으로 갈리잖아. 그리고 나야 의자 공방에서 태어나 자랐으니 그런 거지 공부에는 전혀 소질이 없어. 저번 시험 때는 122명 중에 85등이었어. 뒤에서 세는 편이 빠를걸!"

어안이 벙벙해 리리를 쳐다보고 있자니 더더욱 부러워진다.

만약 내가 그런 성적을 받았다면 어땠을까?

중학교 1학년 때 농구부에 들어가자마자 정식 멤버로 뽑혀서 연습에 열중하느라 공부를 열심히 못 했다. 도 대회의 결과도 참담했을 뿐 아니라 중간시험 성적도 뚝 떨어져서 아주 꼴이 말이 아니었다.

그때 저승사자처럼 화가 난 아버지가 날 얼마나 호되게 야단쳤는지 모른다. 뺨을 세게 얻어맞기까지 했다. 당시엔 체구가 작고 가벼웠던 터라, 나는 2미터쯤 날아가 뒤쪽에 있던 기둥에 머리를 부딪쳤다.

나는 엉엉 울었다. 아버지가 진심으로 무서웠다. 그때 농구부를 그만두라는 말을 들었다.

결국 기말시험 때 반드시 성적을 올리겠다고 약속하고 계속 농구부에 있었지만, 그 뒤로는 오로지 아버지에게 혼나지 않기 위해서 공부했다. 동아리 활동이 끝나면 학원에 가서 녹초가 되어 돌아왔지만, 성적은 쑥쑥 올라갔다.

하나도 즐겁지 않았다. 농구도, 학원도, 그저 의무감으로 계속했다.

의자 그림을 그릴 때만 자유로운 공기를 쐬는 것 같았다.

아무것도 없는 새하얀 종이에 모양을 조금씩 그려 간다. 선이 그림이 되고, 그림자를 그리면 입체적으로 바뀐다. 가공의 공간에 의자를 탄생시킨다. 두려운 망각의 의자, 단상에 놓인 왕좌, 이집트의 접이식 의자가 아니라 지금 내가 앉고 싶은 의자, 언젠가 누군가 앉았으면 싶은 의자 말이다. 의자를 그리는 것은 사슬로 묶인 내 마음을 해방시키는 유일한 시간이었다.

"그렇게 심각한 표정 짓지 마. 맛있는 커피가 다 식겠어."

리리의 말을 듣고 보니 아직 커피 잔에 입을 대지도 않았다.

따뜻한 온기는 벌써 사라지고 없었다.

9
105도

“자, 리리, 주제나 디자인에 대해서 요점을 정리해 볼게.”

나는 조목별로 쓰고, 그 옆에 간단한 스케치를 그린 다음 설명을 덧붙였다.

1. 프로젝트의 제목은 ‘편안한 스터디’

“이건 가제야. 더 그럴듯한 멋진 제목을 붙이고 싶지만.”

“그래, 이건 너무 폼이 안 나.” 리리는 웃으면서 끄덕거렸다.

2. 사무실용이 아닌 디자인

“집에서 쓸 의자니까 일본식 가옥에도 서양식 가옥에도 어울리는 따뜻한 나무의 이미지를 살리고 싶어.”

“찬성이야.” 리리는 엄지손가락을 척 하고 세웠다.

3. 등받이는 각도 고정식

"각도를 조절할 수는 없지만 학교 의자나 식당 의자처럼 똑바로 앉게 하고 싶지는 않아. 긴장을 풀고 앉을 수 있게 등받이 각도는 105도 정도가 좋다고 생각해. 데스크톱을 사용하거나 회의할 때 이상적이라고 말하는 등받이 각도가 105도야. 노트북을 사용하더라도 책상에 꼿꼿이 앉아 사용하는 것이 아니라 등을 뒤로 좀 젖히는 편한 자세로……."

"저기, 잠깐만."

"아, 미안. 혼자서만 얘기하고 있네. 토론은 나중에 하자."

리리는 손가락으로 오케이 포즈를 만들었다.

4. 의자의 폭은 조금 여유 있게

"팔걸이의자와 일반 의자 중간쯤 된다고 생각해 줘."

5. 팔걸이

"등받이랑 일체화한 이 곡선이 디자인 포인트야."

6. 발 받침대는 없음

"되도록 심플하게 만들고 싶으니까."

7. 앉는 면의 높이는 고정식, 아니면 수동 상하 조정식

"만약 가동식으로 하려면 어떤 방법으로 만들지, 아직 정하지 않았어. 기계적인 방식으로는 만들고 싶지 않아. 특히 가스 실린

더는 사용하고 싶지 않고. 음, 대충 이 정도인 것 같은데……."
"알았어. 그런데 말이야……."
리리는 몸을 앞으로 내밀었다.
"아까 노트북을 사용할 때도 느긋한 자세로 앉는 의자라고 했는데, 무슨 뜻이야? 강당 같은 데서 쓰는 작은 접이식 테이블 달린 의자 같은 거?"
나는 고개를 저었다.
"의자 자체에 테이블은 없어도 상관없어. 접이식 테이블이 달린 의자는 테이블을 사용하지 않을 때, 그러니까 접어 두었을 때에도 접합부가 다 드러나 보여서 예쁘지 않잖아."
"그렇지, 예쁘지 않아. 기능 위주라는 느낌이 강해."
메모 옆에 스케치를 하면서 설명한다.
"아이패드 정도는 놓을 수 있게 팔걸이를 부분적으로 넓게 만들면 좋겠어."
"그래?"
리리는 납득이 가지 않는다는 표정으로 고개를 갸웃거린다.
"처음부터 일반적인 사무실 의자를 가정용으로 개조하면 안 되는 거야?"
"그건 말이지" 하고 말을 받으면서 난 사무실 의자 카탈로그를 펼쳐서 책상 위에 올려놓았다.
"예를 들어 우리 집 같은 일본식 가옥에 사무실 의자 같은 것은 어울리지 않아. 마루는 다다미나 나무 바닥이고, 벽이나 천장도 흙벽이 아니면 나무판자야. 여기에 불쑥 이런 의자를 들여 놓는다고 생각하면 좀 그래. 분명히 이런 것은 멋진 의자라고 생각하지만 말이야."

나는 유명한 사무실 의자를 가리킨다.

"그 말은 맞아. 우리 집은 마루 바닥재가 호두나무인 데다 어두칙칙하고 벽은 하얀 색이야. 그래서 검정색이나 크롬 도금한 차가운 사무실 의자가 잘 어울리지만, 너희 집은 달라. 이런 일본식 가옥은 지방에 가면 아직 많이 있겠지?"

리리는 내 방을 휭 둘러본다.

"그렇지. 그러니까 저렇게 승강식으로 조절하는 기계적인 의자는 만들고 싶지 않아. 나무하고 기껏해야 천으로만 만든 심플한 의자가 좋겠어."

"네 생각은 잘 알겠어. 매년 입상하는 작품도 기계적인 장치가 없는 쪽이 더 많아."

"응, 나도 알고 있어. 인터넷으로 최근 몇 년간 입상한 작품을 전부 확인했거든."

"그렇다면……."

리리는 내 스케치를 구분하기 시작했다.

"좀 괜찮네"라든지 "이건 안 되겠다"고 말하면서 오른쪽, 왼쪽으로 착착 갈라 낸다.

"저기, 너……."

난 리리의 팔을 잡았다.

"그렇게 하면 거의 다 ×표잖아?"

"솔직히 안 되니까 안 된다고 하는 거야. 디자인 감각은 좋지만 넌 제조 공정에 대해 아무것도 모르잖아. 이렇게 만들려면 힘들어."

스케치 속 의자 다리를 가리키며 리리가 말했다. '아무것도 모른다'는 말에 가슴이 쿡 찔렸지만 사실이 그렇기 때문에 어쩔 수 없다.

"어째서 힘든데?"

"이건 말이야, 가느다란 나무를 써야 하는데, 강도를 버티기 힘들 거야. 예전에 의자를 별로 만들어 보지 않은 디자이너가 레스토랑 의자로 이것과 비슷한 다리를 그린 도면을 가져온 적이 있어. 우리 회사 기술자들하고 죽기 살기로 싸웠어. 무슨 일이 있어도 만들고 싶으면 이중 구조로 안쪽에 금속 파이프를 넣고 목재 부분은 장식 비슷하게 만들든지, 아니면 훨씬 두꺼운 목재를 사용하든지 해야 한다고."

"두꺼운 목재를 쓰면 디자인을 망쳐 버리니까 금속 파이프를 넣는 것이겠지?"

은근슬쩍 내가 원하는 제작 방식을 말해 본다.

"그렇지. 하지만 그 디자이너가 선택한 목재는 신축성이 뛰어나서 불안정한 종류였어. 금속과 그런 목재를 같이 쓰면 서로 신축률이 달라서 제작하기 곤란해. 그러면 목재의 종류를 바꿔야 하는데, 그렇게 하다 보면 이미지에 어울리는 것을 찾기 힘드니까 결국 특별 주문을 해야……."

"……."

나는 리리를 말끄러미 쳐다보았다.

"너 정말 만만한 애가 아니구나."

리리는 득의양양한 표정을 지었다.

"당연하잖아. 이래 봬도 열 살부터 공장에 드나들었고, 중학교 1학년 때부터 설계, 목공, 철공, 천 씌우기 같은 공정 전체를 돌면서 수련을 쌓았으니까 말이야. 다른 애들은 놀이라고 생각하겠지만 나는 진지했어. 지금은 중학생이라고 하면 애들로 취급하지만, 할아버지는 열다섯에 본격적으로 의자 공방에 제자로 들어가 열여덟에 당당한 기술자가 되셨고, 서른에 해외로 나가 견문을 넓히셨다고. 나도 이제 곧 열다섯이 되잖아. 사실은 학교에나 다닐 때가 아니라고."

"그런가?"

리리의 기세에 압도당한 내 입에서는 '그런가'라는 말밖에 나오지 않는다. 한심하다.

"음, 그래서 네 아이디어는 잘 알겠지만 아직 모양을 갖추지는 못했다는 느낌이 들어. 이러면 모델러는 제대로 작업을 진행할 수 없어."

"응, 그렇겠지. 좀 더 곰곰이 구체적으로 아이디어를 다듬어 볼게."

"곰곰이? 음…… 만일을 위해 말해 두겠는데 말이야."

리리는 언제나 입바른 말을 서슴지 않는다.

"벌써 4월 하순이야. 7월 초에는 목업 사진을 찍어서 프레젠테이션 패널presentation panel을 만들어 제출해야 해. 그걸로 예선을 통과해야 비로소 실물을 제출해서 최종 심사에 들어갈 수 있으니까. 게다가 프레젠테이션 패널도 시간을 들여 제대로 만들어야 하잖아. 그러니까 내 말은 목업을 완성시키려면 두 달하고 조금밖에 시간이 없다는 거야."

"알고 있어."

"일단 디자인을 확실하게 완성하지 않으면 목업은커녕 5분의 1 모형도 만들 수 없어. 한번 만들고 나면 그걸로 끝이 아니야. 그다음에도 몇 번이나 디자인을 수정하고 목업을 고쳐 앉아 보고, 또 디자인을 수정하고 목업을 고쳐 앉아 보고, 이 일을 반복해야 한다고. 디자인을 빨리 완성하지 못하면 제출 마감을 지킬 수 없어. 나는 전문 모델러처럼 뚝딱뚝딱 만들지는 못해."

말이 빠른 리리가 쏟아 내는 얘기에 기가 눌려서 나는 머리를 약간 뒤로 젖혔다.

"……알았어. 잘 알고 있어. 미안해."

"사과는 안 해도 돼. 디자인이나 얼른 만들어. 그동안 시험공부 하느라 프로젝트에는 하나도 손을 못 댔지?"

불쑥 짜증이 났다.

"시험 기간에도 디자인 생각을 안 한 건 아니야."

거짓말이다. 열흘 동안 디자인은 생각하지도 않았다. 손으로는 스케치를 했지만 그저 연필이 움직이는 대로 내버려 두었을 뿐 사실은 손톱만큼도 생각하지 않았다.

"디자인에 좀 더 집중하도록 해. 시간이 없으니까. 그리고 도면은 일단 5분의 1 모형용으로 그려 줘."

어쩐지 주의를 받는 것 같아 마음에 들지 않는다.

"물론 모형을 만드는 일도 힘들겠지만, 맨 처음 디자인 단계가 더 중요해. 이건 디자인 대회니까 말이야. 디자인에 시간을 들일 수밖에 없어. 나무를 깎아 조립하는 일은 시간에 정해진 대로 해 나가면 되겠지만, 디자인은 그렇지 않아. 몇 시간 꾸준히 작업한다고 해서 성과가 반드시 나오리라는 법이 없거든. 손이 아니라 머리를 써야 하니까."

"그게 무슨 말이야?"

갑자기 리리가 일어섰다.

"꼭 위에서 내려다보는 사람 같네?"

"뭐가?"

"지금 한 말은 디자이너가 위에 있고, 모델러가 아래에 있다는 식이잖아?"

"그런 뜻으로 한 말이 아니야. 디자인은 아이디어를 내는 작업이라서 하루에 몇 시간 일하면 반드시 성과가 나오는 수작업하고는 다르다는 얘기였지."

"그래. 어차피 나는 몸으로 때우는 블루칼라야! 너처럼 머리도 좋지 않고. 나 집에 갈게."

"너 왜 그래, 갑자기?"

리리는 가방에 노트와 필통을 넣고 재킷을 걸쳤다.

"리리, 잠깐 기다려."

말리는 것도 듣지 않고 리리는 성큼성큼 걸어가 할아버지에게 인사하더니 지체 없이 집으로 가 버렸다.

현관문이 묵직하게 닫혔다. 나는 멍하니 현관문을 보았다.

슬슬 화가 치밀었다.

"도대체 왜 그러지? 여자라서 히스테리를 부리는 건가? 칫, 나 원 참……."

목소리를 높여 불만을 쏟아 내고 발길을 돌렸다.

텔레비전을 끈 할아버지와 눈이 마주쳤다.

"너희 싸웠니?"

"싸우긴요, 그냥 걔 혼자서 화를 냈는걸요. 정말 변덕스러운 애예요."

"잠깐 여기에 앉아 봐라."

할아버지가 평소와 달리 진지한 목소리로 날 불렀다.

나는 응접실 다다미 바닥에 책상다리를 하고 앉았다.

"무슨 일인데요?"

"너 말이다. 혹시 디자이너가 위에 있고 모델러가 아래에 있다는 식으로 생각하지는 않겠지?"

"네? 그런 식으로……."

그런 식으로 생각하지 않는다고 말하고 싶었다. 하지만 어쩌면 그렇게 생각했을지도 모르겠다.

내가 꿈꾸는 건 건축가나 디자이너다. 모델러가 아니다. 혹시나 의식하지 못하는 사이에 리리가 마음 상할 말을 했던 걸까?

"으음, 얼굴에 쓰여 있구나. 네가 머리이고 리리가 수족이라고. 그야 작업 분담의 성격으로 본다면 그렇게 생각할 수 있을지도 모르겠다. 원래는 모델러도 머리를 상당히 써야 하지만 말이다. 신아, 머리만 커 봐야 별 쓸모없단다. 게다가 기술자의 화를 돋우는 디자이너 중에 쓸 만한 사람도 없는 법이야. 일류 디자이너는 그런 태도로 기술자를 대하지 않아. 작업은 50대 50이야. 어느 쪽이든 위도 없고 아래도 없어. 리리한테 가서 사과하도록 해. 그렇게 괜찮은 아이는 없어. 아직 중학생밖에 안 되었는데도 모르는 것이 없잖니? 그 애는 꼭 훌륭한 모델러가 될 거야."

사과하고 싶기도 하고 사과하고 싶지 않기도 하고…….

분명히 괜한 말을 했는지도 모른다. 하지만 그런 식으로 집에 가 버리는 태도는 어른스럽지 못하다. 열 살 먹은 리키도 그런 짓은 하지 않을걸.

"왜 지르퉁해 있냐? 하나 묻겠는데, 너 혼자서 할 수 있니?"

"그거야…… 할 수 없지요."

"그렇지? 사실은 말이다. 의자 디자이너라면 모형 정도는 스스로 만들 수 있어야 해. 목업까지 자기가 알아서 만드는 사람도 있어. 네가 좋아하는 임스 부부도 의자 하나 만드는 데 목업을 50개, 100개나 만들었다고 하더라. 네가 그렇게 할 수 없으면 그 애한테 부탁할 수밖에 없잖니?"

"……알고 있어요."

나는 할아버지 눈을 똑바로 볼 수 없었다.

"잘 들어라. 넌 등받이를 105도로 만들고 싶다고 했어. 괜찮은 각도야. 가볍게 걸터앉기에 적당하지. 그런데 말이다, 인간관계도 마찬가지야. 물론 90도라면 혼자 곧추설 수 있겠지. 하지만 그렇게 해서는 인간관계가 잘 풀리지 않아. 그렇다고 소파나 소파베드처럼 푹 파묻히듯 앉는 것도 바람직하지 않고 말이야."

"무슨 말씀이죠?"

나는 그제야 할아버지의 눈을 쳐다보았다.

"그러니까 그런 식으로 누군가에게 철저하게 의지하면, 상대가 떠받쳐 줄 수 없는 법이야. 살짝 기대는 정도가 딱 좋아."

"……."

"그리고 말이야, 상대도 힘들 때는 너한테 살짝 기대 올 거야. 두 사람이 서로 기대어 '사람 인人'이라는 한자를 만드는 것과 비슷하다고 할까? 인간이란 누구나 다른 누군가에게 기대면서 살아가는 거란다. 혼자 서 있는 사람은 보기 흉해. 알겠니? 넌 지금 그 아이에게 살짝 정도가 아니라 완전히 의존하고 있어. 그런데도 꼭 혼자 서 있다는 듯한 표정을 짓고 있어. 그렇지 않니?"

할아버지의 말씀을 머릿속에서 되뇌어 보았다. 내가 리리에게 기대고 있다는 건 틀림없을지도 모른다. 리리가 못 하겠다고 하면 나는 당장 주저앉을 것이다…….

갑자기 모든 것을 이해할 수 있을 듯했다.

그렇구나, 나는 105도가 아니라 그야말로 오롯이 리리에게 의지하고 있구나. 더구나 리리는 내게 의지하지 않고 있다. 그런데도 나는 잘난 듯이 혼자 서 있는 것처럼 굴었다. 기술자는 잠자코 있으라고, 마치 독재자 같은 태도를 취했는지도 모른다.

그런데 가만 보자. 그거야말로 아버지와 똑 닮은 태도잖아?

"……알았어요."

"알면 됐다. 그럼 빨리 뒤쫓아 가 보렴."

나는 고개를 끄덕이고는 지갑과 스마트폰을 챙겨 집 밖으로 뛰쳐나왔다.

리리는 아직 전철역에 있을까?

달려갔는데도 전철역에 리리의 모습은 보이지 않았다.

도고시긴자 역에 내려서 스마트폰 내비게이션으로 세디아 위치를 찾아 걸어갔다.

역에서는 꽤 떨어진 곳이었다. 작은 공장이나 회사가 밀집해 있는 곳에 커다랗고 하얀 석회석 빌딩이 우뚝 서 있었다. 폭이 넓은 5층 빌딩이었는데, 벽에 조각을 새겨 넣은 서양식 건물이었다.

할아버지의 이야기를 듣고 상상은 해 보았지만, 솔직히 말해 이렇게 규모가 큰 회사인가 싶어 깜짝 놀랐다. 홈페이지에는 쇼룸 사진밖에 없으니까 이보다는 좀 작은 회사라고 상상했다.

중학생이 무턱대고 회사에 쳐들어갈 수는 없겠지만, 로비에 불이 켜져 있었다. 토요일에도 쇼룸은 열어 놓는다고 리리가 말했기 때문에 이곳에 오면 리리의 집이 어딘지 가르쳐 주지 않을까 싶었다. 회사 바로 옆에 있는 단독주택에서 산다고 했는데, 좌우에 회사처럼 보이는 건물이 늘어서 있어 단독주택이 눈에 띄지 않는다.

세디아 건물의 현관 앞을 어슬렁거리고 있자니 누군가 뒤에서 "얘, 무슨 일이냐?" 하고 말을 걸었다. 깜짝 놀랐다.

"아, 저기, 실례합니다. 저는 수상한 사람이 아니라……."

도대체 무슨 소리를 하는 거냐?

"하하하, 너 재미있는 애구나. 토요일이라서 쇼룸은 열었지만 사무실은 쉰단다. 들어가 보고 싶니? 아, 그러고 보니 혹시 리리의 학교 친구인가?"

즐거운 듯 활짝 웃는 백발의 할아버지는 어쩐지 낯설지 않다. 그렇다. 홈페이지에서 본 창업자 하야카와 소시로 씨였다.

"아, 예. 3학년 A반 오키도 신이라고 합니다!"

긴장했다.

"이쪽으로 오너라. 사는 곳은 뒤편이야."

도저히 칠십대로는 보이지 않을 만큼 혈기왕성한 하야카와 씨가 성큼성큼 앞으로 걸어간다.

하야카와 씨는 건물 뒷골목으로 쏙 들어가 있는 주택 앞에 서서 인터폰을 눌렀다. "그럼 난 일이 있어서 이만 가 보마, 천천히 놀다 가렴" 하시고는 빠른 걸음으로 오던 길을 되돌아갔다.

나는 그제야 리리에게 어떻게 사과하면 좋을지 생각도 하지 않고 냅다 달려와 버렸다는 것을 깨달았다.

"아, 저기, 리리와 같은 학교에 다니는 오키도 신이라고 하는데요" 하고 인터폰에 대고 말했더니, 현관문이 찰칵 열리고 리리가 얼굴을 내밀었다. 느긋해 보였다.

대문으로 들어가 현관까지 가는 동안 무슨 말을 하면 좋을까 생각했다. 하지만 적절한 말이 떠오르지 않았다. 여하튼 사과부터 하고 보자.

문을 열고 안으로 들어가 리리를 가까이 보자마자 "아까는 미안했어" 하고 사과했다. 타이밍을 놓치면 말을 꺼낼 수 없을 것 같았다.

리리는 잠시 침묵하더니 "좋아, 용서할게!" 하고 큰 소리로 말했다.

"아니, 뭐랄까, 나도 내가 왜 그렇게 화가 났는지 모르겠어."

이렇게 말하고 리리는 고개를 숙였다.

"나 말이야, 분했던 것 같아."

후유 하고 한숨을 쉬더니 리리는 현관 마루턱에 앉았다.

"사실은 중간시험 치는 열흘 동안 나도 평소랑 다르게 열심히 공부했거든. 내 딴에는 진심으로 진지하게 공부했는데도 85등밖에 못 했어. 그런데 막 편입해서 나보다 불리할 텐데도 넌 전교 석차 5등이잖아. 나보다 머리가 월등하게 좋구나 하고 생각했어. 그래서 디자이너는 머리, 모델러는 손발이라는 말을 들으니까 짜증이 확 몰려왔나 봐. 나야말로 미안해."

설마 리리가 사과하리라고는 생각도 못 했던 내가 오히려 당황해 허둥거렸다.

"아니야. 나도 모르게 위에서 내려다보는 교만한 태도를 보였어. 사실은 네가 가 버린 뒤에 할아버지에게 한 소리 들었어. 내가 잘나서 혼자 해 나가는 것 같아도, 너한테 무척이나 의존하고 있다는 생각이 절실하게 들었어."

리리는 얼굴을 들더니 평소처럼 키득키득 웃었다.

"맞아, 그랬어!"

갑자기 표정이 밝아진 리리는 신발을 신더니 "자, 가자" 하고 나섰다.

"어디에?"

"급한 주문이 들어와서 오늘은 공장이 돌아가고 있어. 견학하고 싶지 않아?"

"정말이야?"

갑자기 가슴이 두근두근 설레었다.

공장은 상상하던 것과 전혀 달랐다. 나는 창백한 형광등이 달려 있고, 기계 오일 냄새가 떠도는 어두한 곳을 상상했다. 리리는 자전거 수리 공장인 줄 알았느냐며 내 상상력에 웃음을 터뜨렸다. 웃음을 사고도 남을 일이다. 왜냐하면 나는 이제까지 의자 공장을 본 적조차 없었기 때문이다.

세디아의 공장은 퍽 깨끗했다. 설계, 목업과 시작품의 조정, 강도와 품질 검사, 철공, 목공, 도장, 천 씌우기 등 작업에 따라 각각 방이 나뉘어 있었다. 전부 유리창을 내서 통로에서 안이 들여다보였다. 기술자들은 다들 세디아 로고가 들어간 파란 작업복을 입고 있다.

재료실도 재질별 혹은 색깔별로 깨끗하게 정리되어 있는 모습이 마치 가게 같았다. 공장이나 공방이라고 하면 재료가 어지럽게 흩어져 있는 모습을 떠올렸는데, 이곳을 둘러보고 내가 얼마나 무지했는지 절실히 깨달았다.

천을 자르는 작업은 커다란 컴퓨터 제어 레이저가 한다. 소규모인데도 놀랄 만큼 선진적인 공장이다.

나는 벌린 입을 다물지 못한 채 각 공정을 둘러봤다.

조정실에서는 다른 사람들과 똑같은 작업복을 입은 리리의 할아버지가 도면대에 매달려 있는 사원에게 지시를 내렸다.

리리 할아버지 옆의 사복 입은 사람은 분위기로 볼 때 아마 외부 디자이너인 것 같다. 두 사람은 목업에 번갈아 앉아 보며 팔걸이의 각도와 높이, 의자 폭, 앉는 면의 쿠션을 확인하고, 등받이를 기울여 보고, 등과 팔의 위치를 점검했다.

두 사람은 대화를 나누지만 서로 타협은 하지 않을 기세다. 누가 윗사람이고 누가 아랫사람이 아니다. 전문가와 전문가가 머리를 맞대고 같은 목표를 향해 돌진해 가는 모습에서 무시무시한 열기가 푹푹 뿜어져 나오는 듯 보였다.

나 자신이 너무 부끄러웠다.

도대체 뭐가 디자이너는 머리, 모델러는 손발이냐? 착각도 작작 해라.

기술자들의 눈빛. 숙달된 작업 솜씨. 아름답게 완성되어 가는 의자!

나는 열병에 걸린 듯 멍하니 그 장면을 보고만 있었다.

"왜 그래? 눈이 발개졌어. 막 감동해서 울고 그러진 마."

리리가 놀렸을 때 나는 솔직하게 긍정했다.

"나, 진심으로 감동했어. 보여 줘서 고맙다."

리리는 깔깔대고 웃더니 내 등을 팡팡 두들겼다. 힘이 세다.

"별말씀을요. 멋지지 않아? 우리 회사 기술자들 말이야. 할아버지가 이렇게 하라고 디자이너에게 충고할 때는 정말 전문가구나 하는 느낌이 들어. 저 젊은 디자이너는 요즘 텔레비전에도 종종 나와. 꽤 유명한 사람이래. 하지만 할아버지가 다년간의 경험을 바탕으로 '이렇게 하는 게 좋을 것 같다'고 하면, 조언을 받아들여 디자인을 바꿀 때도 적지 않아. 뭐, 누이도 좋고 매부도 좋다고 할까? 그런 식으로 엄청나게 훌륭한 의자가 완성되는 거야. 진짜 멋지지 않냐?"

"그러게" 하며 고개를 끄덕였다. 누이 좋고 매부 좋다는 말은 할아버지에게도 들던 말이다. 서로 105도쯤 기대는 인간관계.

"나 부족함이 많지만" 하고 리리에게 들리지 않을 목소리로 말했다.

"너도 의지하고 싶을 때는 기대도록 해. 나만 리리한테 의지하는 건 불공평하잖아. 의자뿐만 아니라 뭐랄까, 그냥 내가 할 수 있는 일이 있으면 뭐든지……."

의자에 대해 내가 리리보다 더 잘 아는 건, 음…… 없다고 본다. 그러니까 하다못해 다른 무언가라도 리리에게 조금이나마 도움이 되어야 우리의 105도 관계는 제대로 성립할 듯싶다.

"정말?"

들리지 않을 것이라고 생각하고 말했는데 리리는 듣고 있었던 모양이다.

"중간시험 보기 전에 공부 좀 가르쳐 줄래?"

나는 바로 고개를 끄덕였다.

10
반항심보다 호기심

"이게 뭐야!"

현관에 들어서자마자 아버지의 위압적인 목소리가 들렸다. 섬뜩했다.

일요일 아침, 어머니의 심부름으로 편의점에 간 사이에 아버지가 내 방에 들어와 본 모양이다. 할아버지 방을 통하지 않으면 내 방에 들어올 수 없기 때문에 좀처럼 들어온 적이 없는데, 어쩌다 할아버지가 화장실에라도 가셨을 때였나 보다.

나는 불길한 예감을 품고 내 방으로 들어갔다.

책상 위에는 스케치가 펼쳐 놓은 그대로 있었다. 아마도 이걸 보고 호통을 친 것이리라.

"도대체 너는 매일 무얼 하는 게냐!"

"저기, 그게 그러니까……."

널찍한 아버지의 등을 향해 쭈뼛쭈뼛 입을 열었다. 책상 위를 내려다보던 아버지가 뒤를 돌아보았다. 신장이 185센티미터에 어깨도 넓은 아버지는 서 있는 모습만으로도 위압감을 풍긴다.

"신! 이 그림은 다 뭐냐? 너, 설마 할아버지처럼 의자 만드는 일을 하려는 건 아니겠지?"

"……."

"그렇게 입을 다물고 있으면 어쩌자는 거냐!"

"재미 삼아 놀아 본 거예요. 심심풀이랄까……."

대회에 참가하려는 계획을 들키면 일이 커진다.

나는 어떻게든 두루뭉수리로 넘어가려고 했다.

"심심풀이라고? 나를 놀리려는 참이냐? 이게 단순한 놀이 수준이 아니라는 거, 다 안다. 너 진심인 거지? 지금 다니는 중학교로 편입한 것도 이 일을 하려고 그런 거였냐?"

"그렇지 않아요!"

"말대답하지 마라."

나는 잠자코 책상 위의 스케치를 정리하기 시작했다.

"잘 들어라. 네 머리로는 얼마든지 일류 대학에 들어갈 수 있어. 이대로 공부하면 T대학이라고 안 될 것도 없어. 그런데 왜 일부러 위험한 다리를 건너려고 하는 거냐? 리키는 부모인 우리가 평생 돌봐야 할지도 모른다. 그야 뭐, 어쩔 수 없는 일이지. 그 애는 몸이 약하고 공부도 할 수 없어. 툭하면 학교를 빠져야 하니까 도리가 없지 않느냐. 하지만 넌 달라. 체력도 있고 근성도 있어. 밝은 미래를 일부러 망치지 말라는 말이다."

"아버지가 말하는 밝은 미래와 내가 생각하는 밝은 미래는 달라요."

"자, 그럼 말해 봐라. 이렇게 네가 좋아하는 의자 그림을 그리면서 가족도 먹여 살리고 즐겁게 살 수 있다고 생각하니?"

그 질문에 스케치를 모으던 손길이 멈추었다. 과연 그럴 수 있을지 나도 잘 모른다. 의자 디자인으로 잘 먹고살 수 있을까?

"잘 들어라. 지금은 내가 잔소리 심한 부모라고 생각하겠지? 하지만 언젠가는 그때 길을 잘못 들지 않아서 다행이라며 고마워할 날이 반드시 올 거다. 예술가의 길은 포기해라. 아직은 기회가 충분히 있어. 지금이라도 방향을 바꾸면 돼."

나는 주먹을 꽉 쥐었다.

주먹을 날리고 싶은 마음을 필사적으로 억누른다.

주먹을 쓰면 내가 반드시 진다. 만에 하나 이긴다고 해도 아무것도 해결되지 않는다.

"……내 인생은 내가 정해요."

"뭐라고? 부모가 먹여 주고 입혀 주고 있는데 저 혼자 사는 것처럼 잘난 척하지 마라! 그런 말은 독립하고 나서 하든가!"

우리 대화를 듣고 어머니가 달려왔다.

"신! 적당히 해라!"

어머니의 말에 욱하고 화가 치밀었다.

"어째서 어머니까지 그런 말씀을 하나요? 이 집에서는 뭐든지 아버지의 독단으로 이루어지잖아요. 돈을 벌어 온다고 어깨에 힘을 주고 있지만, 아버지도 어릴 적에는 할아버지가 의자를 만든 덕분에 밥을 먹고 살았잖아요. 이 집도 할아버지가 옛날에 지은 집이고요. 어머니가 집안일을 전부 떠맡고, 혼자서는 된장국 하나도 끓일 줄 모르고 다림질도 할 줄 모르면서! 혼자만 잘난 줄 아세요?"

처음으로 아버지에게 소리치며 정면으로 대들었다.

거의 될 대로 되라는 식이다.

"철부지 같은 소리 하지 마라!"

"어이, 너희들 왜 그러냐?"

벽을 짚고 엉금엉금 방으로 돌아온 할아버지가 휘둥그레 뜬 눈을 깜빡였다.

"아버지, 아버지가 이 애에게 가르쳐 준 건가요? 의자 만드는 기술자로 만들고 싶어서요?"

아버지는 책상 위의 스케치 다발을 덥석 쥐고 몇 걸음 내딛더니, 허리가 꼬부라져 몸집이 작아진 할아버지를 내려다보았다.

할아버지는 아버지의 절반 정도밖에 안 되었다.

"아니, 그럴 생각은 없었다. 그렇지만 신은 꽤 열심히 매달리더구나."

자기 의자에 앉으려는 할아버지를 어머니가 도와주려고 하자 할아버지는 오른손을 내저으면서 "아니다, 괜찮아, 내가 할 수 있어" 하고 도움을 거절했다. 어마어마하게 시간이 걸려도 혼자 앉으려고 한다. 그러는 동안 다들 입을 다물고 있었다.

사실은 할아버지가 마음만 먹으면 좀 더 빨리 앉을 수 있다는 것을 난 알고 있다. 할아버지가 좋아하는 시간 벌기 작전인지도 모른다.

풀썩.

할아버지가 앉는 순간 아버지는 정면으로 돌아서서 다시 한번 물었다.

"정말로 신에게 의자 만드는 일을 시키고 싶으세요?"

"무슨 말이냐? 그렇지 않다니까. 요즘 시대에 의자 만드는 일이 얼마나 힘든지, 누구보다도 내가 제일 잘 알지 않겠니? 하지만 괜찮지 않냐? 취미로 하는 정도라면 말이다. 이 애는 컴퓨터 게임도 안 하고 스마트폰으로 장난도 치지 않고 스케치를 하는 걸 어쩌겠니? 이렇게 건전한 취미도 없을 거다. 스트레스를 발산하려고 좋아하는 일을 하는 게 뭐가 나쁘냐?"

할아버지는 천천히 이야기한다.

아버지는 손에 들고 있던 스케치 다발을 할아버지 앞에 내던졌다.

"아버지, 아버지는 전문가니까 잘 아시잖아요? 이렇게 엄청난 스케치 양이나 기술은 중학생이 단지 취미로 하는 수준이 아니에요. 전문가가 되려고 진심으로 몰두하고 있다고밖에는 보이지 않는단 말입니다."

할아버지는 대꾸하지 않았다.

내 눈에는 할아버지의 등밖에 보이지 않는다.

"할아버지 탓으로 돌리지 마세요! 그냥 의자 디자인이 좋을 뿐이에요. 그것뿐이라고요."

"하아, 너 정말……."

창문으로 들어오는 역광 때문에 아버지 얼굴이 어둡게 보였다. 표정은 보이지 않지만 괜히 더 무섭다.

"어디까지나 널 위해서 하는 소리다. 의자 제작이나 디자인은 당장 그만둬라! 절대로 허락하지 않을 테니까!"

"허락받으려는 생각, 전혀 없어요!"

당장 달려가서 아버지에게 매달리고 싶었다. 하지만 나는 그저 책상 위에 남아 있는 스케치를 바닥으로 탁 내팽개쳤다. 그것이 내가 할 수 있는 최대의 저항이었다.

"그만 좀 해라, 신! 그리고 당신도요!"

어머니가 보기 드물게 소리를 높였다.

"두 사람 다 적당히 하세요! 여보, 신은 시험을 잘 보려고 매일 밤 늦게까지 공부했어요. 지켜보는 내가 다 안쓰러울 정도였다고요. 정말 열심히 했어요. 그러니까 그렇게 높은 성적도 받아온 거잖아요. 기껏해야 의자 그림 좀 그렸을 뿐인데, 안 될 건 뭐가 있어요?"

"취미 수준이 아니니까 그러지. 전문가가 되려는 생각은 접으라고 충고하는 것뿐이잖소?"

아버지는 갑자기 목소리 톤을 낮추었다. 어머니보다 나이도 많고 언제나 독재자 같은 태도로 내리누르려고 하지만, 아담하고 온화한 어머니가 가끔 이렇게 자기주장을 시작하면 아버지는 한풀 수그러든다. 어머니는 아버지처럼 소리를 지르지는 않지만, 절대로 물러서지 않는 성격이기 때문이다.

"그리고 신!"

어머니는 나를 지그시 바라본다.

"부모 슬하에서 보호를 받는 동안은 어쩔 수 없이 부모의 말을 잘 들어야 하는 법이야. 아버지도 나쁜 마음으로 너한테 말씀하시는 게 아니잖니? 의자를 만드는 직업이 험하다는 걸 잘 아니까 반대하시는 거야. 아버지 마음도 이해해 드리렴. 취미로 하는 거라면 너 좋을 대로 하려무나. 대학까지 가려면 아직 시간이 있으니까. 네 진로는 여유를 갖고 정하자. 다만 성적이 떨어지면 안 된다. 그게 조건이야. 당신은 당신대로 지나치게 신을 몰아붙이지 마세요. 자, 이 정도면 뭐, 타협할 수 있지요? 두 사람 다!"

아버지와 나는 수긍하지 않는다.

잠시 침묵이 흐른 뒤 아버지가 입을 열었다.

"대학 입시는 곧 닥쳐온다."

"……."

"고등학교 친구 중에 미대를 나온 놈이 둘 있어. 요전에 동창회에서 만나서 얘기를 좀 했지. 한 놈은 제품디자인 사무소를 운영하고 있어. 그 방면에서는 꽤 이름이 알려진 것 같은데도 고생이 끊이지 않는 모양이야. 또 한 놈은 대기업의 광고 대행사에서 아트디렉터로 일했는데, 회사가 도산했다지. 예술 계열은 마흔이 지나면 재취업하기도 어려운 것 같고. 지금은 식품회사에서 사보社報를 만든다고 하더군. 두 사람한테 미리 연락을 해 놓을 테니 찾아가서 얘기 좀 듣고 오너라. 그런 다음에 다시 이야기를 하자꾸나."

하라는 대로 하기는 싫었다. 내 의욕을 꺾기 위해서 일부러 안 좋은 얘기를 듣게 하려는 것이다. 하지만 디자인 전문가와 이야기를 나눈 적이 없는 것도 사실이다. 만나서 얘기를 듣고 싶다. 호기심은 아버지에 대한 반항심보다 강했다.

나는 마지못해 고개를 끄덕였다.

"좋다. 그럼 시간이 있는지 물어보고 약속을 정하마. 두 사람 다 도쿄에 있어. 혼자 다녀오너라. 내가 있으면 본마음을 이야기하기 힘들 테니까."

아버지는 손에 들고 있던 스케치 다발을 책상 위에 함부로 툭 던지고는 할아버지를 흘깃 쳐다보더니 불쾌하다는 내색을 비춘 뒤 휑하니 응접실을 가로질러 나갔다.

나는 바닥에 흩어진 스케치를 주워 모았다. 분했다.

아버지가 하는 말에도 일리는 있다.

그걸 아니까 괜히 더 분하다.

"얘야, 초조해할 것은 없단다. 인생에는 말이다, 갈림길이 숱하게 있는 법이거든. 하지만 넌 아직 갈림길까지도 가지 못했어. 겨우 열네 살인데 그런 일로 고민할 필요는 없어."

리모컨을 누르면서 할아버지는 소곤소곤 말했다.

"할아버지, 난 내달이면 열다섯 살이라고요."

비어져 나오려는 눈물을 참아 본다.

11

스튜디오 데라다

'스튜디오 데라다'는 지하철 오모테산도表参道 역과 아오야마青山 1번지 역 사이로 조금 들어간 곳에 있었다.

소란스러운 아오야마 거리에서 좁은 길 안쪽으로 조금만 들어가면 한산한 주택가가 나온다. 낮은 건물이 늘어서 있고, '여기가 정말 도쿄 한복판 맞아?' 하는 의심이 들 만큼 조용하다.

스마트폰으로 위치를 확인하면서 걸어가는데, 건물이 다 비슷비슷한 데다 번지수가 보이지 않는 곳도 많아서 찾기 힘들다.

겨우 건물을 찾아냈다. 길가에는 절제된 디자인의 패션 부티크와 멋을 부린 카페가 있었다. 나 같은 애는 범접할 수 없는 분위기다.

건물 안으로 들어갔더니 유리창으로 둘러친 중정中庭 같은 공간이 있었다. 과연 아트리움이라고 할 만한 곳이다. 안쪽으로 들어가 길 건너 1층에서 검은 바탕에 STUDIO TERADA라고 쓴 간판을 찾았다.

데라다寺田 씨는 가구와 인테리어 디자인 스튜디오를 운영한다. 토요일 오전에 30분쯤 시간이 난다고 해서 혼자 찾아왔다.

꽤 긴장한 나는 집에서 연습해 온 인사를 몇 번이나 머릿속으로 되뇌었다.

벨을 누르자 금세 문이 철컥 열렸다. 짧은 단발머리의 젊은 여성이 나왔는데 걸을 때마다 오도독오도독 소리가 날 것처럼 바싹 마르고 안색이 나쁜 사람이었다.

"오키도 군이지? 어서 와."

자기소개도 하기 전에 이름부터 불리자 난 머리를 숙여 인사만 했다.

느릿느릿하고 고색창연한 재즈 음악이 들려온다. 입구는 막힌 곳 없이 바람이 통하게 되어 있다. 새하얀 벽에 콘크리트가 그대로 드러난 바닥, 창문에는 은회색 블라인드가 내려져 있다. 전체적으로 무채색의 분위기였다.

매킨토시 컴퓨터를 올려놓은 하얀 책상이 줄줄이 놓인 방을 지나갔다. 앉아 있는 몇 사람은 살짝살짝 고개를 숙이며 걸어가는 나를 흘깃 쳐다보았다. 그들은 가볍게 턱을 움직여 인사를 받아 주고는, 곧바로 매킨토시로 눈길을 돌려 작업을 계속했다. 안내를 받아 새하얀 철골 계단으로 올라갔다.

"어서 와라. 오호, 아버지를 닮아 키가 큰 편이구나."

자리에서 일어선 데라다 씨는 나보다 몸집이 작았다. 콧수염과 턱수염이 그럴듯했고, 오래 입은 청바지에 밝은 회색의 민소매 셔츠를 입고 있다. 아버지와 같은 나이로는 보이지 않을 만큼 젊고 팔팔한 분위기다.

미리 준비해 온 과자를 건넸다.

"이런 건 안 갖고 와도 되는데. 잘 먹을게."

"아닙니다. 바쁘신데 죄송해요. 아버지가 안부 전해 달라고 하셨어요."

연습해 온 대로 인사를 드린다.

"아버지가 걱정하더구나. 별 생각 없이 예술 방면으로 가려고 하니까 따끔하게 얘기 좀 해 달라고, 연신 부탁하면서 약속까지 정하더라. 좋은 아버지를 두었구나."

당치도 않다고 말하고 싶었지만 얌전하게 고개를 끄덕였다.

권해 주는 대로 앉으려다가 "어라, 임스의 알루미늄 의자!" 하고 나도 모르게 중얼거렸다. 데라다 씨는 "어허, 그것 참!" 하고 놀랐다.

"잘 알고 있구나. 중학생이라고 했지?"

"예, 3학년이에요."

"그렇구나. 듣던 대로 과연 의자 마니아인걸! 그럼, 시간이 별로 없으니까 얼른 무용담이든 고생담이든 들려줘야겠다."

난 그저 고개를 끄덕거렸다.

곧바로 얘기를 듣고 싶다. 시간이 30분밖에 없다.

아까 만난 여자분이 커피를 가져다주었다. "감사합니다" 하고 고개를 숙였다.

"너희 아버지한테 들으니 넌 성적이 우수하고 장래가 촉망된다고 하더구나. 명문 대학에 들어가 관청이나 일류 기업으로 들어가는 것도 그렇게 어렵지 않을 거라고 말이야. 그런데도 의자 디자이니가 되고 싶다고 고집을 부려서 어떻게 해야 할지 모르겠다고 하던데?"

창피한 줄도 모르고 자식 얘기를 이렇게 마구 떠벌인 아버지가 부끄러웠다.

"디자이너가 듣기에는 불편한 이야기였지요? 송구합니다."

데라다 씨는 조용히 후후후 웃었다.

"그런 건 신경 쓰지 마. 음, 뭐 솔직히 말해서 우리 때하고는 시대가 다르니까. 요즘은 예술 계통에서 취직하기란 무척이나 어려울 거야."

"……예."

"옛날에도 디자인을 배운 사람이라고 전부 디자이너가 된 건 아니지만 말이야. 또 디자이너가 되면 된 대로 힘든 일은 산처럼 많았고……. 미대 동급생 중에 대기업 가전제품 회사의 전속 디자이너로 일한 사람이 몇 명 있어. 어느 정도 연차가 쌓이면 디자인 실무에서는 손을 떼고 관리직으로 올라가지만, 아무리 우수해도 미대 출신이면 좀처럼 회사 임원으로는 승진하기 어려운 것 같아. 그렇다고 현장 예술가도 아니니까 어느 쪽에도 속하지 못해서 아주 힘들어했어."

데라다 씨는 말을 마치고 커피를 홀짝였다.

전속 디자이너란 분명히 기업에 속한 디자이너를 가리킬 것이다. 미대 출신이니까 어떤 의미에서 기술자 대우를 받는다. 재능이 있어도 회사 경영에는 손을 뻗치지 못하는 것일까? 그럼 경영하는 사람은 누굴까? 경제나 법률을 배운 사람일까? 어쩐지 납득할 수 없다. 하지만 나라면 그것보다는 디자인에 직접 관여하지 못하는 것이 더 괴로울지도 모른다.

"처음부터 밝은 얘기가 아니라서 미안하구나. 음, 그런 회사만 있는 건 아니겠지만……. 아, 커피 마셔라."

커피를 권하기에 스틱 설탕을 하나 넣어 휘저었다.

"일단 일방적으로 내 얘기만 할게. 무슨 소리인지 모르는 것이 있으면 나중에 물어라."

일단 수긍하고 커피를 홀짝였다. 무척이나 향이 좋은 커피였다. 이런 커피는 처음 마셔 본다.

"난 처음 10년은 거대 디자인 회사에서 일했어. 서른둘에 독립했지. 뭐, 그럭저럭 잘 굴러간 편이라고 생각하지만, 힘들었다고 하면 힘들었지. 오늘처럼 토요일에 일할 때도 많았어."

나는 입을 꾹 다물고 고개를 끄덕였다.

"종업원은 열 명밖에 없었어. 그것도 정사원은 세 명뿐이었고, 나머지는 아르바이트나 계약직 사원이었어. 언제 주요 의뢰인이 거래를 중단할지도 알 수 없고, 사원의 능력이 매년 향상하는 것도 아니니까 말이야. 아이디어는 내가 내니까, 컴퓨터로 그림이나 도면을 그리고 모형을 제작하는, 말하자면 작업해 줄 사람을 우선적으로 고용했어. 그래도 새 소프트웨어가 줄기차게 나오니까 이왕이면 젊고 일 처리가 빠른 사람이 좋지. 쓸모가 없어지면

계약을 해지할 수밖에 없어. 이 세계에서는 경험을 쌓는다고 잘 되리라는 법도 없단다."

커피 잔을 내려놓으려던 손을 문득 멈추었다.

"솔직히 말해 해마다 월급을 올려 주어야 할 사람보다는 새로 나온 소프트웨어에 금방 적응하고, 값싼 월급을 받고도 빠릿빠릿하게 일을 잘해 주는 젊은이가 반가운 법이지."

형편이 퍽퍽한 세계라는 건 알고 있었지만 담담하게 얘기하는 데라다 씨가 좀 냉정해 보였다.

커피 잔을 가만히 컵받침 위에 올려놓는다.

"냉혹한 사람이라고 생각하겠지? 음, 뭐 그런 세상이란다, 이 업계는."

"……아, 예."

"우리 회사도 마찬가지야. 다들 미대를 나온 우수한 인재들인데 나한테 와서 혹사당하고 있지. 잔업이 없는 날이 없거든. 아르바이트도 시급이 아니라 월급제라서 잔업수당이 없어. 일이 잘될 때는 보너스를 수시로 지급하지만 말이야. 나는 이래 봬도 일단……."

데라다 씨는 책장에 있던 잡지를 몇 권 꺼내 내게 내밀었다. 포스트잇을 붙인 페이지를 펼쳐 보니 데라다 씨의 디자인 스튜디오를 소개한 기사나 인터뷰 기사, 또는 작품 사진이 크게 실려 있다. 아무래도 아버지가 말한 대로 디자인 업계에서는 꽤 유명한 사람인 듯하다.

"……그럭저럭 이름난 디자이너인 셈이지. 우리 회사는 가구

디자인이나 가게 인테리어를 주로 맡고 있어. 아, 이런 거!"

데라다 씨는 작품이 잔뜩 실려 있는 페이지를 보여 주었다.

그 작품들은 어느 것이나 스타일이 좋고 멋이 넘쳤다. 하지만 데라다 씨가 만든 의자가 얼마나 편안한지 확인해 볼 수 없어서 아쉬웠다. 자기 스튜디오에 자기가 만든 의자가 아니라 임스의 의자를 놓아둔 이유는 뭘까? 그래야 무난해서? 아니면 자기가 디자인한 의자는 편안하지 않아서?

어째서 이런 발칙한 생각이 드는 것일까?

"대단하네요……."

좀 더 괜찮은 말이 있겠지만 그 말밖에는 떠오르지 않았다.

"고맙다. 하지만 최근에는 우리 회사보다 훨씬 견적을 낮게 산정하는 젊은 디자이너가 속속 나오고 있어. 그래서 상황이 더 힘들어지고 있지. 인건비도 들고, 사무소 임대료도 내야 하고, 컴퓨터나 소프트웨어를 교체하는 데도 돈이 들고 말이야. 그러니까 일거리가 오면 거절할 수 없고, 작업을 쉴 수 없어. 일이 없으면 없는 대로 이번에는 새 일거리를 찾아서 헤매고 다닐 수밖에 없고. 그러니까 언제나 쉴 새 없이 바쁘단다. 더구나……."

데라다 씨는 한쪽 팔을 괴고 커피를 마신다. 그런 자세까지도 그림이 되는 사람이다.

"안타깝게도 늘 재미있는 일을 할 수 있는 것도 아니야. 예산이나 시간이 정해져 있으니 기존 디자인을 살짝 고치는 정도로 해 달라는 의뢰도 드물지 않지. 어떤 의뢰일지 상상이 가니?"

앉아 있는 의자를 보면서 잠시 생각에 잠긴다.

"혹시나 이를테면 말이죠. 임스의 알루미늄 의자 같은 느낌으로 더 싸게 만들 수 있는 의자를 금방 디자인해 달라든가, 그런 의뢰인가요?"

대라다 씨는 키득키득 웃었나.

"참 날카롭구나. 맞아, 그런 느낌이야. 나도 디자이너로서 자긍심과 의지가 있으니까 거절하고 싶지. 하지만 사원들에게 여름 보너스를 주고 싶잖아. 그러니까 그런 의뢰라도 받아들인단다. 하지만 예를 들어 그런 내용의 의뢰라고 해도 누군가의 디자인을 베끼는 일은 죽기보다 싫으니까 분위기는 비슷하더라도 어디까지나 다른 디자인으로 값싸게 만들 수 있는 별개의 작품을 필사적으로 쥐어짜 내곤 하지."

나는 질금질금 고개를 끄덕인다.

"소재도, 제조 기술도, 비용도, 판매망도, 전부 자유로운 일거리는 별로 없단다. 아니, 아예 없어."

"앗, 그런가요?"

"응. 의뢰인의 취향이나 유통 사정, 예산, 기한, 소재, 제조 방식이라는 온갖 것에 끊임없이 얽매여 있는 조건 안에서 어떻게 요리할까 정도로만 작업하는 셈이야. 문제를 내고 그것을 해결하는 일, 디자인이란 그런 일이라고 생각해. 어떠냐? 네가 상상하는 디자인하고는 굉장히 다르지 않니?"

뭐라고 대답해야 좋을지 몰라서 일단 "예, 저기" 하고 말을 꺼낸 다음 말문이 막혀 버렸다. 처음부터 자유롭게 마음대로 일할 수 없다는 건 알고 있었다. 하지만 데라다 씨가 말하는 얽매일 수밖에 없는 조건이란 거의 해결책을 찾는 일이 불가능하다고까지 보였다.

“저, 말씀을 듣다 보니 혼란스러워서…….”

“그야 그렇겠지. 중학생을 상대로 지나치게 현실적인 얘기만 했나 보다.”

“아닙니다.”

당황해서 고개를 좌우로 흔들었다. 그런 얘기를 듣고 싶어서 찾아온 것이다. 즐겁고 재미있고 좋아하는 일을 마음껏 하면서 돈을 왕창 버는 최고의 돈벌이라는 얘기는 들을 리 없다고 생각했으니까.

“저, 질문 좀 해도 될까요?”

“그럼.”

“아저씨는 왜 이런 일을 하게 되셨어요?”

“아, 그건 말이다.”

데라다 씨는 후훗 싱겁게 웃었다.

“이 일밖에는 선택의 여지가 없었단다. 어릴 적부터 펜이나 장난감을 분해해서 속이 어떻게 생겼는지 들여다보지 않으면 성에 차지 않았어. 이렇게 하면 좀 더 모양이 그럴듯해지지 않을까? 이렇게 하면 좀 더 편하게 쓸 수 있지 않을까? 멋대로 바꾸어 보고 말이야. 그런 짓에만 열중하던 개구쟁이 디자인 오타쿠였단다. 그러니 이 길로 들어설 수밖에. 뭐라고 하면 좋을까? 말하자면 들어서야 할 길로 들어선 셈이지, 뭐.”

데라다 씨의 말은 귀로 들어와 서서히 몸속으로 퍼져 나갔다.

어쩐지 그 말이 살갑게 들렸다. '나도 잘 알아요!'

들어서야 할 길이라 들어선 길.

"앗, 실수했다. 이런 말을 한 걸 알면 네 아버지가 화를 내겠는걸. 음, 뭐 시대도 달라졌으니까. 내가 대학을 막 졸업했을 때는 호경기였어. 뭐든지 잘 팔렸지. 그런데 미대 동급생 중에 디자인 일을 계속한 사람은 절반도 되지 않아. 나머지는 전혀 다른 일을 하고 있단다. 처음부터 다른 길을 선택한 사람도 있고, 도중에 더 좋아하는 일을 찾은 사람도 있어. 일이 잘 안되어서 몸이 상한 친구도 있고, 갖가지 경우가 다 있지. 유감스럽게도 성공하느냐 마느냐는 노력에 달려 있지 않아. 운이나 재능, 타이밍, 인맥 같은 여러 가지 요소가 좌우하는 법이지."

나는 수긍한다는 듯 계속 고개만 끄덕인다. 상상 이상으로 힘든 세계다.

"성공한다고 해도 끊임없이 경쟁의 세계를 헤쳐 나가야 해. 비평가나 브로커에게 빈번하게 욕을 먹기도 하지. 비록 전문가가 되어 높은 평가를 받더라도 물건이 팔리지 않으면 아무 의미가 없어. 간혹 남이 베껴 가기도 한단다. 내가 디자인한 것과 똑같은 물건이 돌아다니기도 해. 물론 상품 등록은 해 놓지만 말이야. 내 의뢰인이었던 회사가 디자인을 베껴 간 회사를 고소하면, 그 외국 회사는 맥없이 도산해 버려. 그러고는 또 다른 회사를 차려서 똑같은 물건을 팔지. 고소하고 도망가고 쫓아가고, 정신이 없어. 그렇지만 소송을 하려면 돈이 드니까 결국에는 포기할 수밖에 없지. 더구나 가격이 한 자릿수나 차이가 나니까 모조품이 더 잘 팔리기도 하고. 으음, 그런 세상이야. 흔하디흔한 얘기란다."

그런 놈들이 활개치고 다닌단 말이야? 참담한 세계구나…….

나는 반쯤 벌린 입을 다물지 못하고 침을 삼켰다.

"저기……."

대담한 질문을 하려고 결심했다. 손바닥에 땀이 찬다.

"저, 그런데도 이 일을 그만두시지 않는 이유는 뭔가요?"

데라다 씨는 싱긋 웃었다.

"그만둘 수 있었다면 벌써 예전에 그만두었겠지. 내 머리는 논스톱이야. 아침이나 점심이나 밤이나 꿈속에서도, 언제나 왜 그런지 디자인을 생각하고 있어. 멈출 수가 없는 거야. 뭐라고 해도 재미가 있거든. 이쯤이면 직업병이라고 해야지. 한 번 이혼하고 지금 부인과 재혼했는데, 여전히 집에는 잘 들어가지 못한단다. 하지만 나 스스로 병을 고칠 생각이 없으니까 어쩔 도리가 없는 거지."

데라다 씨가 손목시계를 들여다본다. 슬슬 일어설 시간이 된 것 같다.

"모처럼 여기까지 왔는데 미안하구나. 월요일에 프레젠테이션이 있어서 정신이 없단다. 다음에 시간이 있을 때 점심 먹으러 오너라. 어쩐지 내 옛날 모습을 보는 것 같아서 즐거웠어. 여유를 갖고 천천히 생각해서 선택하길 바란다."

"예. 감사합니다."

방을 나와 현관으로 향할 때 뒤에서 걸어오던 데라다 씨가 "아

참, 얘야!" 하고 무언가 생각난 듯 불러 세웠다.

"의자에 관심이 있다면 공업디자인보다는 건축을 배우면 어떻겠니? 세계적인 의자 디자이너 중에는 건축가가 많단다."

난 현관에서 뒤를 돌아보았다.

"예, 그런 것 같아요. 찰스 임스나 지오 폰티도 그렇죠."

"그래. 폰티는 원래부터 건축가였고, 임스도 건축 공부를 했지. 의자란 주거 공간에 있는 물건이지 않니? 의자가 자기주장을 내세우는 독립적인 존재라는 생각은 별로 들지 않으니까 말이야. 보통 실내에도 놓고 바깥에도 놓고, 상업 공간에도 놓고 집에도 놓고, 그 밖에도 여러 다른 것이 있는 공간에 놓잖아. 아무것도 없는 순백의 공간에 의자 하나만 오도카니 놓여 있는 일은 없으니까. 만약 네가 의자나 가구에 관심이 있다면 건축이나 인테리어디자인을 배우는 것도 하나의 길일 수 있어."

나는 잘 알았다는 뜻으로 고개를 끄덕였다.

맞는 말씀이다. 좋아하는 의자 디자이너 대부분이 건축가인데 어째서 나는 건축을 배우려는 생각을 못 했을까?

"아, 결과적으로는 널 응원하는 사람이 되어 버린 것 같구나. 음, 이러면 네 아버지에게는 면목이 없는걸. 여하튼 잘 생각해 보렴."

다시 한번 잘 알았다는 뜻으로 고개를 숙이고 스튜디오 데라다를 나왔다.

의자 디자이너를 포기시키려고 기회를 만들어 준 아버지에게는 송구하지만, 난 포기하기는커녕 점점 더 확신이 들기 시작했다. 디자인을 배워야 할지, 건축을 배워야 할지는 아직 잘 모르겠지만.

아무튼 디자이너라는 직업이 힘든 일이라는 것은 알았다. 비록 재능이 있고 나아가 노력을 기울여도, 보상을 받지 못하는 경우가 많은 듯하다.

더구나 젊을 때는 실컷 착취당하고, 나이 들면 해고당할 가능성도 높다. 노동시간이 길고 곳곳에 리스크 천지인 것 치고는 수입도 안정적이지 못하다. 시간을 들여 있는 힘껏 디자인을 내놓아도 금방 모조품이 나돌아 울며 지새야 할 수도 있고.

그렇지만 그것이 내가 '들어서야 해서 들어선 길'이라면?

그것을 아는 사람은 이 세상에 나밖에 없다.

12

그래도 아직은

다음은 요시노吉野 씨와의 약속이다. 주말에는 가족과 함께 지낼 터라 나는 요시노 씨 자택과 가까운 JR 나카노中野 역까지 갔다. 오후에는 가족과 외출하니까 점심시간에 오라고 했다. 아버지가 역에서 가까운 레스토랑에 예약을 잡아 주었다.

가게 앞에서 스마트폰을 만지작거리고 있는데, 누군가 "네가 신이니?" 하고 물었다.

눈앞에 키가 크고 호리호리한 아저씨가 서 있었다.

"아, 제가 오키도 신이에요. 처음 뵙겠습니다."

"그래, 반갑다. 내가 요시노야. 어이구, 아버지 젊을 때와 참 많이 닮았구나."

가슴이 철렁했다. 아버지와 닮았다는 말만큼 세상에서 듣기 싫은 소리는 없다.

"아버지가 이걸 전해 드리라고 했어요."

봉투를 내밀었더니 요시노 씨는 "어라, 뇌물인가? 하하하" 하며 입구를 뜯어 식사 티켓 두 장과 메모가 적힌 종이를 꺼냈다.

"'못난 자식에게 예술가의 인생이 얼마나 고달픈지 가르쳐 주게. 회사에서 받은 식사 티켓을 보내겠네.' 여기 중화요리 식당은 꽤 알려진 맛집이란다. 최고급 런치 코스구나. 너희 아버지는 옛날부터 배려 깊은 사람이었지. 자, 그럼 일껏 호의로 보낸 거니까 이걸로 먹을까?"

옛날부터 '배려 깊은 사람'이었다고?

수긍하기 힘든 말이었지만, 요시노 씨의 뒤를 따라 식당으로 들어갔다.

"너희 아버지는 말이다, 고등학교 시절에 성적도 우수했고, 럭비부 주장이었고, 게다가 늘 배려심이 깊었고, 너도 알겠지만 잘생긴 사내였단다."

"그런가요?"

아버지는 어지간히 잘생긴 편이다. 하지만 배려심이 깊은 모습 따위, 집에서는 하나도 찾아볼 수 없다.

"너희 아버지 회사는 신바시에 있는데, 우리 집 근처 식당의 티켓을 회사에서 받았을 리가 없잖니? 아마 분명히 일부러 여기까지 와서 사 두었을 거야. 그런데도 내가 신경 쓸까 봐 회사에서 받았다고 말한 거지. 그런 사람이란다."

요시노 씨가 이렇게 말하는데, 처음에는 도대체 누구 얘기를 하는지 종잡을 수가 없었다. 나한테는 전혀 그럴듯하게 들리지 않았다.

"그런데 내가 실패한 얘기를 듣고 싶다고?"

앉자마자 이렇게 물어서 나는 안절부절못했다.

"저, 그런 게 아니라, 그냥 말씀을 듣고 싶어서……."

"하하, 괜찮아, 괜찮아. 저기, 여보세요, 런치 코스 주세요. 이 티켓으로 먹는 걸로요."

요시노 씨는 주문을 한 다음 내 눈을 들여다보았다.

"난 말이지, M미대 시각전달디자인학과를 졸업하고 업계에서 다섯 손가락 안에 드는 커다란 광고 회사에 취직했단다. 처음에는 밑바닥 일부터 시작했어. 그러다 삼십대 초반부터 아트디렉터 일을 맡았지. 대기업 화장품이나 패션 브랜드 광고를 만드는 일이었어. 수입은 쏠쏠했단다. 해외 로케이션이니 긴급한 프레젠테이션이니 정신없이 돌아가는 바람에 1년 내내 수면 부족에 시달렸지만, 일 자체는 재미있었어. 그런데 어느 날 아무런 조짐도 없이 회사가 갑자기 망했지 뭐야. 너무나 창졸간에 벌어진 일이라 세상도 깜짝 놀랐어. 신문, 잡지, 텔레비전에서도 꽤나 시끄럽게 떠들어 댈 만큼……."

나는 요시노 씨 얘기를 얌전히 듣고만 있었다. 그가 일한 회사에 대해서도 인터넷으로 찾아봤다. 유명한 광고 회사였는데 3년쯤 전에 갑자기 도산해서 수많은 사람이 해고당했다.

"내가 결혼을 늦게 해서 애들이 겨우 한 살, 세 살이란다. 서둘러서 재취업하려고 여기저기 취직자리를 찾아봤지만, 공교롭게도 대기업 광고 대행사에서 고액 연봉을 받던 아트디렉터라는 이력이 발목을 잡아서 쉽지 않았단다. 역설적인 얘기지만 젊은 디자이너나 사무직은 금방 재취업할 수 있어도, 마흔이 넘은 아트디렉터나 크리에이티브디렉터는 하나같이 일자리를 찾지 못하고 있어."

요시노 씨는 딱히 마음이 무겁다는 티도 내지 않고 담담하게 이야기한다.

웨이터가 요리를 하나씩 들여왔고, 우리는 먹기 시작했다. 지금까지 먹어 본 적 없는 맛있는 중화요리였다. 솔직히 이런 식당을 아버지가 골랐다는 것이 믿어지지 않았다.

"그런데 말이다." 요시노 씨는 우물우물 음식을 씹으면서 얘기를 계속했다.

"여하튼 안정적인 일자리를 찾아다녔어. 쉰 군데 이상 면접을 본 것 같은데, 마지막에 겨우 지금 다니는 회사에 들어왔어. 수입은 예전보다 상당히 줄어든 편이지만, 정사원 채용이니까 운이 좋았다고 해야겠지. 회사에서는 사보를 만들고 있어."

운이 좋다는 생각은 들지 않는다. 대기업 광고 대행사에서 아트디렉터로 일하던 사람이 식품회사 사보 만드는 일을 한다. 일거리가 전혀 다르잖아?

"그렇게 슬픈 표정을 지을 건 없단다" 하는 요시노 씨의 말을 듣고 입안의 음식을 그대로 꿀꺽 삼켜 버리는 바람에 나는 사레들리고 말았다.

"하하하! 농담이야, 농담! 하지만 동료며 선배 아트디렉터나 크리에이티브디렉터 중에는 나보다 더 관련이 없는 일밖에 찾지 못한 사람도 적지 않아. 오랫동안 쌓아 온 경험을 전혀 살릴 수 없는 직장에 다니는 거지. 게다가 정사원도 아니고 말이야."

요시노 씨는 내 등을 툭툭 쳐 주었다.

기침이 멎자 나는 재스민 차를 벌컥벌컥 마셨다.

"죄송해요. 저도 모르게 그만……. 저기, 그렇지만……."

물어봐도 될까?

"사양 말고 뭐든 물어보렴. 그러려고 날 찾아온 거 아니니?"

나는 고개를 끄덕이며 용기를 내어 물어보았다. 광고 일에 미련이 남지는 않았는지?

"그야 미련이 왜 안 남아 있겠니? 하지만 지금 하는 일이 당장 주어진 일이니까. 그 속에서 내 능력을 최대한 살려서 좋은 결과를 내놓으려고 하지. 어떤 일이라도 싫은데 억지로 하면 좋은 결과를 내지 못하고, 재미도 없지 않니? 그런 마음가짐으로 3년 동안 열심히 해 왔단다. 그 덕분에……."

요시노 씨도 재스민 차를 마신다.

"회사에서 평가를 괜찮게 받아서 앞으로 광고 일을 맡게 되었단다. 어제 막 결정이 난 일이라 아마 너희 아버지는 아직 모를 거야. 물론 우리 회사는 제조업 분야니까 구체적인 창작 작업까지는 할 수 없겠지. 광고 회사에 이런 광고를 만들어 달라고 부탁하는 정도일 거야. 하지만 아트디렉터 시절에는 눈코 뜰 새 없이 바빠서 건강을 해치는 생활을 했으니까 어쩌면 그런 일이 딱 알맞을지도 모르지. 가족은 오히려 기뻐하고 있어."

요시노 씨의 웃는 얼굴이 어쩐지 좀 쓸쓸해 보였다.

"네 아버지가 어째서 디자이너 일을 반대하는지, 난 잘 알고 있어."

요시노 씨는 한숨 섞인 목소리로 말했다.

"저도 알아요. 좀 더 안정적인 길을……."

"아니, 그것만은 아닐 거야."

요시노 씨는 나를 뚫어지게 쳐다봤다.

아까까지 풍기던 부드러운 표정은 사라졌다.

"너희 아버지는 굳이 얘기하지 않아도 된다고 했지만 뭐, 말해 버려야겠다. 고등학교 시절에 미대를 지망한 친구가 한 명 더 있었어. 혹시 데라다에게 얘기 들었니?"

나는 고개를 저었다.

"역시 그랬구나. 데라다하고 사이가 제일 좋았으니까 제일 괴롭기도 했을 거야. 지금까지도 마음속에 묵직한 돌처럼 남아 있는 거겠지. 시로타니城谷 얘기는 절대로 꺼내려고 하지 않거든."

왠지 모르게 예감이 좋지 않았다.

"나하고 데라다 그리고 시로타니, 세 사람 중에 시로타니가 그림도 제일 잘 그리고 재주도 뛰어났어. 그놈은 무척 섬세하고 고도로 세련된 감성을 갖고 있었지. 하지만 집안이 가난해서 사립대학 미대로는 진학할 수 없었어. 그래서 국립 예술대학의 서양화과를 지망했는데 유화 실기 시험에서 떨어졌지 뭐야. 아르바이트를 하면서 재수까지 했지만 이듬해에도, 그다음 해에도 떨어졌단다. 당시 경쟁률은 아마 40대 1, 50대 1이었을걸. 그런데 그림을 잘 그리느냐 못 그리느냐 하는 것도 중요하지만, 개성이 강하게 드러난 그림은 감점을 받는 시대였어. 시로타니는 강렬한 그림을 그리는 놈이었기 때문에 애석하게도 '예술대학에 합격할 만한 그림'은 아니었을 거야."

도대체 뭐 그린 일이 있담? 그림만 잘 그린다고 대학에 들어가는 건 아니라는 말인가?

"결국 그놈은 독학으로 그림을 그리겠다고 선언하고 혼자서 열심히 그렸어. 체격이 작은데도 막노동 아르바이트를 하면서 지치지 않고 여러 공모전에 출품하기도 하고. 하지만 매번 떨어지기만 했어. 워낙 야리야리하고 예민한 탓에 술을 마시게 되었고……."

오시노 씨는 잠시 말을 끊더니 "그러다가 결국에는 말이다" 하고 쥐어짜는 목소리로 말을 이었다.

"스물넷이라는 젊은 나이에 아깝게 목숨을 잃고 말았어."

나는 머릿속이 혼란스러웠다.

목숨을 잃다니……? 아버지는 그런 얘기는 한 번도 한 적이 없다.

"이 얘기는 어린 너한테 들려주기에는 아직 이르니까 하지 말라고 했는데, 얘기하다 보니까 하고 말았구나. 너는 겨우 중학생이지만 어린애는 아니니까 괜찮겠지. 현실에는 시로타니 같은 극단적인 경우도 있다는 걸 너도 알고는 있었으면 좋겠다. 물론 실패해서 자아를 상실하는 일은 어느 분야에나 있음 직한 일이야. 하지만 예술가의 세계는 격심한 경쟁의 세계이고, 아무리 재능이 있고 아무리 죽을힘을 다해 노력한다고 해도 운이나 인연이나 타이밍이 어긋나면 시로타니 같은 경우가 얼마든지 생길 수 있단다. 시로타니는 그렇게 그림을 잘 그렸는데도 아무도 인정해 주지 않았어."

아무리 재능이 있어도, 아무리 죽을힘을 다해 노력해도, 잘 풀리지 않을 수도 있다. 데라다 씨도 비슷한 말을 했다. 그렇다고 해도 시로타니 씨의 경우는 극단적이다.

"……."

"체력이나 기력도 남보다 두 배는 필요해. 음, 순수예술의 경우는 디자인보다 일자리를 얻기가 더 힘드니까 말이야. 어이쿠, 미안하다. 어쩌다 보니 괜한 얘기를 한 것 같구나."

요시노 씨는 내 어깨를 가볍게 두드렸다.

"……아닙니다. 괜찮아요."

급히 고개를 들었다.

"여하튼 만약 네가 그저 좋아 보인다는 이유만으로 디자이너가 되려고 한다면, 찬찬히 잘 생각해 보는 편이 좋을 거야. 하지만 진심으로 미대에 가고 싶다면 되도록 고등학교 2학년 때부터는 미대 입시를 준비하는 학원에서 그림 공부를 해라."

나는 아무 말도 하지 않았다. 머릿속에 요시노 씨의 말이 맴돌았다.

정신을 차려 보니 요시노 씨가 식당 문을 나서고 있었다.

"감사합니다."

겨우 인사말만 건넸다.

"부럽구나, 새파란 청년이라는 거……. 무한한 가능성이 펼쳐

져 있으니까 말이다. 조급하게 서두를 것 없다. 하지만 일단 결정을 내리면 마지막까지 최선을 다하기를 바란다. 잘 해낼 거다. 넌 체력도 있어 보이고, 눈빛도 초롱초롱하구나. 어떤 길을 선택하든 반드시 길이 열릴 거야. 그러고 보니 운을 불러들이는 힘도 있어 보이는데?"

요시노 씨는 내 어깨를 툭툭 치더니 발길을 돌렸다.

나는 멀어지는 뒷모습을 멍하니 지켜보면서 그가 들려준 얘기를 소화하려고 애썼다.

전철을 타고 집에 돌아오는 동안 요시노 씨가 말한 '무한한 가능성'이라는 말이 뇌리에서 사라지지 않았다. 여태 의자 디자인 말고도 내게 다른 선택지가 있는지에 대해서는 생각조차 해 본 적이 없다.

내게도 무언가 달리 하고 싶은 일이 있을까?

이런저런 다른 일을 생각해 내려고 머리를 쥐어짜 본다. 그렇지만 결국에는 의자 디자인밖에 떠오르지 않는다.

의자를 만들고 싶다. 어쨌든 지금은 의자를 만들고 있다. 우선 만들어 보자. 단지 좋아한다는 것만이 아니라 얼마나 해낼 수 있는지…… 내가 의자 디자인에 재능이 있는지 없는지도 아직은 모르니까 말이다.

"얘기는 잘 듣고 왔니?"

내 얼굴을 보자마자 아버지가 물었다.

"예. 대단히 참고가 되었어요. 아…… 고마워요."

이제까지 내가 아버지에게 진심으로 고맙다는 말을 한 적이 있었을까? '고마워요'라는 말을 입 밖으로 내기가 쑥스러웠지만, 이번에 데라다 씨와 요시노 씨를 만나게 해 준 데 대해서는 진심으로 고마움을 느낀다. 그리고 내 앞날 때문에 걱정하고 있는 아버지의 마음도 충분히 알았다. 그렇지만…….

"그만둘 생각이 들더냐?"

이 질문에는 고개를 끄덕일 수 없다.

"……힘든 일이라는 건 잘 알겠어요. 열정이나 실력만으로 반드시 성공할 수 있는 것도 아닌 것 같고요. 언제나 재미있는 일만 할 수도 없는 노릇이겠죠."

아버지는 만족한 듯 으음 하며 고개를 끄덕였다.

"네 말이 맞다. 제일 좋아하는 일을 직업으로 삼으면 안 되는 법이야. 도망칠 곳이 없어지거든. 취미로 하면 되지 않겠니? 그러면 즐겁게 할 수 있을 거야. 쉬는 날 네가 좋아하는 의자를 디자인하고, 누군가 만들어 주도록 주문하면 되잖아. 꼭 본업으로 삼을 필요는 없는 거야."

나는 일단 애매모호하게 얼버무렸다.

"아직 모르겠어요. 하지만…… 진로는 잘 생각해서 결정할게요. 여하튼 지금은 장래에 무슨 일을 하느냐에 상관없이 의자 디자인을 하고 싶어요."

미간에 주름이 잡히기는 했지만 일단은 아버지도 내 생각을 이해하는 것 같았다.

"음, 알았다. 취미로 한다면 나도 딴말은 안 하겠다."

약간 뒤가 켕겼다.

왜냐하면 나는 아직 의자 디자이너의 길을 포기하지 않았기 때문이다.

13
튼튼한 사람의 약한 마음

“야, 리키!”

응접실에서 뒹굴뒹굴하면서 텔레비전을 보고 있는 리키에게 말을 걸었다.

어머니는 할아버지를 재활 센터에 모시고 갔고, 아버지는 아직 퇴근하지 않았다. 이럴 때가 아니면 하고 싶은 말도 할 수 없다. 다들 내가 리키를 괴롭히는 거라고 생각하기 때문이다.

“왜?”

리키는 나를 쳐다보지도 않는다.

“야, 너, 공부는 안 해도 되냐? 곧 있으면 시험이잖아.”

“응, 그런데?”

“야!”

리키는 그제야 얼굴을 들고 귀찮은 듯이 나를 쳐다본다.

"난 상관없어. 무리해서 공부하지 않아도 된다고. 형만 열심히 하면 돼."

"뭐? 무슨 말도 안 되는 소리야?"

리키는 싱긋 웃는다.

"그렇잖아. 엄마도 아빠도 언제나 얘기하잖아. 태어나 준 것만으로도 고맙다고. 무리해서 열심히 공부하면 열이 나는걸."

화가 치밀었다. 이 자식은 언제나 이런 식이다.

하지만 그렇다고 리키 탓만 할 문제는 아니다. 어머니와 아버지의 잘못이다.

"열이 날 정도로 공부하라는 말이 아니잖아. 몸 상태가 괜찮을 때는 텔레비전만 보지 말고 공부도 좀 해야 하지 않겠어?"

"에잇, 듣기 싫어. 형도 텔레비전 보고 싶어서 이러는 거야? 그럼 보면 되잖아."

리키는 벌떡 일어나 내게 리모컨을 쥐어 주더니 성큼성큼 걸어간다.

"야, 거기 잠깐 서."

"싫어."

리키는 계단을 올라가 버렸다.

평소라면 이쯤에서 내가 참고 내버려 둔다. 부모님은 리키에게 언제나 아무것도 하지 않아도 된다고 말씀하기 때문에 내가 무슨 말을 해도 리키 귀에는 들리지 않는다.

하지만 오늘에야말로 따끔하게 일러두고 싶다. 아버지에게 잔소리를 들었다고 동생한테 분풀이하려는 건 아니다. 아무래도 오늘은 철저하게 한마디 해 두고 싶었다.

나는 계단을 뛰어 올라가 리키 방의 문을 두드렸다.

"리키, 나 들어간다."

"싫어! 형, 무서워!"

"나랑 얘기 좀 해."

"나 때리면 엄마랑 아빠한테 이를 거야!"

뜨끔했다. 예전에 딱 한 번, 리키를 때려 준 적이 있다. 내가 6학년, 리키가 1학년 때였다. 내가 아끼던 고흐 전시회 카탈로그를 리키가 마음대로 가져가서는 어딘가에 두고 왔는데 사과도 하려 들지 않았기 때문이다. 부모님이 처음으로 데려가 준, 기억에 남는 전시회였다. 그 카탈로그에는 마음에 드는 의자 그림이 있었다.

"그런 건 또 사면 그만이잖아."

리키는 그때 이렇게 말했다. 하지만 카탈로그는 서점에서 살 수 있는 것도 아니고, 전시회는 벌써 끝나 버렸다. 난 화가 치밀어서 리키의 뺨을 냅다 때렸다. 때릴 때 나름대로 힘 조절을 한 것 같은데, 리키는 엉엉 울었고 그다음 날에는 열까지 났다. 나는 아버지에게 지독하게 혼쭐이 났다. 어린 동생을 때린 나 자신이 싫었고, 일부러 열을 냈을지도 모르는 리키에게도 화가 났다.

그 뒤로 손찌검한 적은 한 번도 없다. 그런데도 리키는 여전히 그 일을 기억하고 있다. 내가 아버지에게 뺨을 얻어맞고 몸이 붕 떴던 때처럼 이 자식 마음에도 공포의 기억이 달라붙어 있는 것일까? 약하게 때렸다고 생각했는데…….

방문 앞에 그대로 주저앉아 버렸다. 가만히 문이 열린다.

"형?"

"……."

"……들어와도 돼."

리키가 머뭇머뭇 말했다.

나는 리키의 방에 들어가 침대에 걸터앉았다.

"리키…… 잘 들어. 너 말이야, 공부하고 싶은 마음이 조금은 들지 않냐?"

리키는 고개를 절레절레 흔들었다.

"예를 들어 산수를 공부할 때 계산해서 정답을 맞히면 기분이 좋지 않아?"

약간 고민하더니 리키는 살짝 고개를 끄덕였다.

"그럴 때야 기분이 좋긴 하지. 그렇지만 정답을 맞힐 때가 거의 없는걸. 난 머리가 나쁘다고. 과외 선생님을 아무리 바꿔 봐도 다들 금방 그만두잖아. 내가 너무 바보라서 그런 거지."

이렇게 말하는 리키에게 정말 짜증이 난다. 아무것도 하지 않고 애초에 포기부터 하다니.

"넌 머리가 나쁜 게 아니야. 아파서 학교에 못 가는 날이 많으니까 진도를 따라가지 못해서 그래. 그러다 보니 열심히 안 하는 버릇이 몸에 배었을 뿐이야."

"난, 열심히 할 수가 없다고."

리키는 기다렸다는 듯 이렇게 대꾸한다.

아이고, 도대체 어떻게 설명해 주면 좋을까?

"야, 생각 좀 해 봐라. 부모님이 널 계속 보살펴 주고 있지만, 언젠가는 할아버지처럼 나이가 들 거야. 알겠어?"

"음…… 하지만 그때가 되면 형이 보살펴 주면 되잖아?"

야, 그거 농담이냐, 진심이냐?

"너, 그렇게 믿으면 안 돼. 난 언젠가 독립하면 집을 나갈지도 몰라. 사고를 당해서 너보다 일찍 죽을지도 모르고."

리키의 커다란 눈이 더욱 커다래졌다.

"그, 그럴 리 없어. 형은 강하잖아."

당장이라도 울음을 터뜨릴 것 같은 눈망울을 보는 순간, 살짝 죄책감이 들었다. 심하게 겁을 주었는지 모른다.

"저기 말이야, 난 어디까지나 그럴 가능성이 있다는 말을 하는 거야. 어쨌든 앞으로 무슨 일이 있을지는 아무도 몰라. 그러니까 스스로 할 수 있는 일은 해야 해. 너도 사실은 그러고 싶은 거 아니야?"

"열심히 하면 열이 나."

"열이 날 때는 그만두고 쉬면 돼. 건강할 때는 열심히 하면 되고. 조금씩 앞으로 나아가면 되는 거야. 너, 내후년에 중학교 입시 치를 거지?"

과연 이 자식이 지금 상태로 들어갈 중학교가 있을까? 다른 것보다 수업을 전혀 따라가지 못한다. 수업이 재미있을 리 없다.

"응, 그렇지만……."

리키는 장난감을 만지작거리면서 나를 흘깃거린다.

"나처럼 멍청하고 몸이 약한 애도 들어갈 수 있는 학교가 있어. 글쓰기 대회에서 받은 상장을 보여 주면 시험공부를 안 해도 갈 수 있대. 그래서 엄마랑 아빠가 나한테는 열심히 공부하지 않아도 된다고 하는 거야. 그런데 왜 내가 공부해야 해?"

나는 가슴이 답답해서 한숨을 쉬었다.

내가 뭐라고 동생한테 입바른 소리를 하는 걸까? 내가 이런 얘기를 할 자격이 있을까? 나야말로 아버지한테 야단맞지 않기 위해 공부를 하는 주제에.

"……스스로를 위해서야. 리키, 너를 위해서. 공부는 부모님 때문에 하는 게 아니야."

마치 자기 자신에게 들으라는 듯 리키에게 말했다.

"그런 거야? 형은 아빠 때문에 공부한다고 생각했어."

리키가 뜨끔한 말을 했다.

나는 쓴웃음을 지으면서 고개를 끄덕였다.

"네 말이 맞아, 그랬어. 하지만 앞으로는 그러지 않을 거야. 하고 싶은 일을 찾았거든. 그걸 위해 공부할 거야. 꿈을 이루기 위해서……."

"그렇구나. 그렇지만 난 꿈이 없는데?"

"왜 없어? 있을 거야. 나중에 하고 싶은 일."

리키는 약하게 머리를 가로저었다.

"형은 내 마음 몰라. 나처럼 허약한 애가 어떤지……."

"그게 무슨 말이야?"

"장래의 꿈? 그런 건 없어. 언제 어디서 쓰러질지 모르잖아. 매년 손꼽아 기다리는 소풍도 가 본 적이 없어. 운동회 때도 박

터뜨리기밖에 해 본 적 없다고. 다음 주에 어떻게 될지도 모르는데 어떻게 꿈 같은 걸 가질 수 있겠어? 조금만 열심히 해도 열이 나잖아. 난 나를, 내 몸을 믿을 수 없어. 형이 이런 걸 알아?"

리키의 말을 듣고 가슴이 저려 왔다.

분명 나는 리키를 질투했다. 하지만 자기 몸을 믿을 수 없다는 심정을 헤아려 본 적은 한 번도 없다. 진심으로 이 녀석처럼 병약하게 태어나고 싶었나?

……아니, 말도 안 된다. 그건 싫다.

다음 주에 어떻게 될지 모르니까 앞날은 생각할 수도 없다는 말…….

결국 나는 리키의 마음을 하나도 헤아리지 못하고 있었던 거다. 소풍을 가 본 적 없는 리키는 소풍 때 느끼는 지루함이나 즐거움을 알지 못한다. 자전거를 타고 바람을 가르는 기분도, 무더운 날 차가운 학교 수영장에 뛰어들 때의 쾌감도 알지 못한다. 마라톤 대회에 나가 비 오듯 땀을 흘리며 죽을힘을 다해 달린 끝에 드디어 결승선을 통과할 때 얼마나 가슴이 뿌듯한지도 알지 못한다.

"음, 그랬구나. 듣고 보니 그렇겠다. 몸이 약하면 어떤지, 내가 전혀 몰랐네."

리키는 천천히 고개를 끄덕였다.

"그런데 너도 튼튼한 사람이 느끼는 괴로움을 모르잖아?"

리키가 입을 뾰로통하게 내밀었다.

"내가 어떻게 알아? 튼튼한 사람이 뭐가 괴롭다는 거야?"

"그렇지 않아."

속으로는 꼬맹이를 상대로 뭘 이렇게까지 진지하게 얘기하나 싶은 생각이 든다. 그래도, 왜 그래야 하는지는 모르겠지만 지금 똑똑하게 얘기를 해 두고 싶었다.

"저기, 리키. 튼튼한 사람도 약한 마음을 갖고 있다고. 난 몇 번이나……."

말할까 말까 망설였다.

하지만 말해 버리자.

"몇 번이나 너처럼 열이 났으면 좋겠다고 생각했어. 시험이나 시합이 있을 때, 아니면 도망치고 싶을 때……. 하지만 몸이 튼튼하니까 열도 나지 않고 도망칠 수도 없었어."

리키는 나를 빤히 쳐다본다.

"……형이라면서, 엄청 못났네."

"나도 알아."

우리는 동시에 웃음을 터뜨렸다.

"야, 너 있잖아. 쪼끔만, 아주 쪼끔만 공부해 보면 어때? 내가 가르쳐 줄게. 열날 것 같지 않을 때만."

리키는 잠자코 생각에 잠긴 듯했다.

"공부하는 방법을 알면 학교 수업 시간이 조금은 즐거워지지 않을까?"

"저, 그보다는……."

리키는 눈을 크게 뜨고 나를 봤다. "애들이 더 이상 나를 바보라고 놀리지 않으려나……?"

이 녀석, 학교에서 그런 소리를 듣는구나.

"아마 그럴 거야. 그런데 사실은 그런 말을 하는 놈이 훨씬 더 바보야."

리키는 입술을 앙다물고 고개를 끄덕였다.

"……알았어. 쪼끔만 공부해 볼게."

"좋아" 하며 나는 자리에서 일어났다.

"자, 그럼 내일부터 매일 저녁 한 시간씩만 공부하자. 모르는 게 있으면 적어 놔."

그때 퍼뜩 생각났다. 내게 그럴 시간이 있나? 대회 준비도 해야 하고, 내 공부도 해야 한다. 리리의 시험공부도 도와준다고 약속했는데? 매일 한 시간씩 리키를 가르치면 시간에 더 쪼들릴지도 모른다. 옆에서 리키가 "응, 알았어" 하고 덩달아 일어났다. 참 작구나. 내가 요새 들어 훌쩍 키가 커서 그런지, 리키가 더욱 작아 보였다.

보고 있으면 답답하고 짜증 나는 동생이지만 내가 어떻게든 돕지 않으면 분명 한심한 사람이 될 것이다. 스스로를 바보라고 생각하는 건 최악이다. 리키네 반 애들이 멋대로 말하도록 내버려 둘 수는 없다. 더구나 이사 와서 일껏 사립학교에 들여보냈는데 수업을 전혀 따라가지 못하면 학교생활이 재미있을 리 없다.

방문 앞에 서서 리키를 돌아보았다.

"너, 내가 무섭냐?"

리키는 고개를 끄덕거렸다.

"무서워. 형은 몸집이 크잖아. 말로도 상대가 안 되고 말이야.

난 뭘 하더라도 형하고는 상대가 안 돼."

리키가 날 쳐다보는 모습에서 아버지와 나의 모습이 떠올랐다. 이래서야 내가 아버지와 다를 것이 하나도 없잖아.

"이제 나시는 때리지 않을 테니까 마음 놓아도 돼."

나는 리키의 머리를 가만히 쓰다듬었다.

"그리고 또……."

리키가 머뭇거리며 말을 꺼냈다.

"그리고 또, 뭐?"

"나도 알아. 형은 나…… 싫어하잖아?"

깜짝 놀랐다. 그렇게 생각했구나. 이건 무섭다고 하는 것보다 더 나쁘다.

허리를 굽혀 리키와 눈을 맞추었다.

"싫어할 리 없잖아. 그냥…… 솔직히 말하면, 난 네가 부러웠던 거야."

"뭐? 뭐 때문에? 형은 키도 크고, 머리도 좋고, 힘도 세고, 무슨 일이든 잘하잖아. 나하고는 정반대야. 내가 형보다 잘하는 건 하나도 없는데!"

이 말을 듣고 쓴웃음을 지었다. 무슨 일이든 잘하는 게 아니라 억지로 하는 거야. 열심히 해도 인정받지 못하니까. 그래서 더 억지로 열심히 하니까 스트레스가 쌓이고, 이런 악순환에서 벗어나지 못하는 거야. 하지만 리키에게 이런 심정을 털어놓은들 아무 소용이 없다.

"그렇지 않아. 넌 감성이 예민하고 순수해. 난 아무리 열심히 해도 너처럼 귀여움 받는 애는 될 수 없어. 하지만 이제 더 이상 질투는 하지 않기로 했어. 허약한 사람의 마음을 조금은 알았으니까 말이야."

리키는 기쁘다는 듯 고개를 끄덕였다.

"나도 조금은 알았어. 튼튼한 사람의 약한 마음!"

14

의자라는 소우주

매일 한 시간씩 리키에게 공부를 가르쳐 준다.

리키의 실력은 생각보다 훨씬 더 형편없다. 어쩌다가 이런 지경이 되었느냐며 분통을 터뜨리고 싶을 때도 있지만, 냉정을 유지하려고 노력하면서 천천히 반복해서 설명해 준다.

리키는 참을성이 없다. 조금만 모르는 것이 나와도 금방 연필을 집어던지면서 "모르겠어", "못하겠어, 난 머리가 나쁘니까", "열이 날 것 같아" 같은 말을 한다. 이런 식이니까 과외 선생님들이 두어 번 가르치다가 두 손 들고 도망친 것도 미루어 짐작이 간다.

그래도 참고 또 참으면서 계속하다 보니 리키의 문제점이 드디어 보였다. 저학년 때는 요즘보다 더 학교에 안 갔기 때문에 기초가 없는 것이다. 그런데 수업은 점점 더 어려워지니까 쥐가

새끼 낳듯 모르는 것이 늘어난다.

그래서 저학년 과정 복습부터 시작해 봤다. 아니나 다를까 리키는 2학년 수준에 머물러 있었다. 그래도 끈기 있게 가르치면서 잘하면 칭찬해 주었다. 그렇게 계속 가르쳐 주었더니, 처음에는 몇십 초 만에 “못 하겠어” 하고 포기하던 리키는 어려운 문제가 나와도 몇 분쯤은 생각하는 자세를 보이기 시작했다. 희망의 빛이 보였다.

사흘째 공부가 끝났을 때 리키가 불현듯 “우아, 나 갑자기 머리가 쪼끔 좋아진 것 같아!” 하고 까불었다.

“그렇지? 열심히 했으니까.”

머리를 쓰다듬어 주었더니 리키는 기쁜 듯 웃었다.

“형, 고마워. 내일도 공부 가르쳐 줘!”

처음으로 리키가 귀엽다는 생각이 살짝 들었다.

그런 다음에는 방에서 죽을 둥 살 둥 스케치를 하고 한숨 돌리고 있는데 할아버지가 늘 그렇듯 의자에 앉아 어깨 너머로 말을 걸었다.

“얘, 신! 디자인 대회에 나간다고 아버지에게 말했니?”

스케치를 손에 든 채 할아버지 곁으로 다가갔다.

“……안 했어요.”

“만에 하나, 상이라도 받으면 들통날 텐데. 그나저나 넌 정말로 의자를 좋아하는구나. 내가 젊었을 때보다 더 열정이 있어.”

할아버지는 기막히다는 표정을 짓는다.

"그럴 리 없잖아요. 할아버지는 옛날 일을 다 잊으신 것 아니에요?"

"그런가? 음, 그거 좀 보여 줄래?"

스케치를 무릎 위에 놓아 드렸다. 할아버지는 목에 걸고 있던 안경을 걸쳤다.

"오호, 솜씨가 꽤 늘었구나."

"그래요?"

"응. 내가 보기에 전문가 스케치하고 거의 다르지 않아."

가슴이 쿵 내려앉았다. 왕년에 최고의 솜씨를 자랑하던 장인이 그렇다면 정말 그럴지도 모른다. 아니면 손자니까 넓은 아량으로 봐준 것일까?

"음, 기쁜데요. 저는 전문가가 되고 싶으니까요."

"그렇다면 하나 묻자. 의자를 만들 때 마니아와 전문가의 차이는 뭐라고 생각하니?"

생각지도 못한 질문이었다. 잠시 고민해 보고 나서 내 나름대로 생각한 것을 말해 보았다.

"최고로 편안한 의자를 만들어서 자기 혼자만 사용하면 마니아 같고요. 다른 누군가가 앉아 주고 오랫동안 사용해 주기를 바라면 전문가 같아요. 아닌가요?"

할아버지가 쓴웃음을 지었다.

"선이 좋아야 하네 어쩌네 말들이 많지만, 사실 최고로 편안한 의자 같은 것은 없단다. 내가 앉아서 편한 의자와 네가 앉아서 편한 의자는 다르니까. 몸이 통통한지 말랐는지, 키가 큰지 작은지, 남자인지 여자인지, 연로한 사람인지 젊은이인지, 사람마다 제각각 다를 수밖에 없어."

"……최고로 편안하다는 말은요. 음, 그러니까 뭐라고 해야 할지……."

"됐다. 괜찮아. 어쨌든 넌 진심인 거지?"

"예."

"한번 해 보겠다고 마음먹은 바에야 여간한 일이 아니면 쉽게 팽개치지 마라."

"예."

"만약에 말이다, 대회에 도전해 보고 힘에 부치면 다 접고 아버지 말대로 '성실한 길'로 가겠니?"

나는 절레절레 고개를 흔들었다.

"왜 실패했는지 반성하고, 궤도를 수정하면서 내년에 다시 도전할 거예요."

"만약 몇 번이나 도전했는데도 성과를 못 내면 어떻게 할래?"

"대회에 나가는 것만 의자 디자이너가 되는 길은 아니라고 생각해요. 실력을 더 쌓아서 무슨 일이 있어도 전문가가 되려고 노력할 거예요."

"아버지랑 부딪칠 거다."

"언젠가 아버지도 감동할 만큼 대단한 작품을 만들어서 보여 주지요, 뭐."

할아버지는 크크크 웃음을 터뜨렸는데, 너무 웃어서 캑캑 기침까지 했다.

컵에 물을 따라 드리니 할아버지는 무릎 위에 놓여 있던 스케치를 내게 돌려주시고는 천천히 물을 마셨다. 그리고 살짝 뒤틀린 입가에서 흘러내린 물방울을 닦아 드리려 하자, 내 손길을 물리쳤다.

"내가 해야지."

아, 그렇다. 이것저것 일일이 다 해 드리는 것은 도리어 좋지 않다고 했다.

"이러니저러니 해도, 말하는 본새만은 제법 어엿하구나. 그래도 디자이너가 되고 싶다면 독학만으로는 한계가 있어. 미대에 가야 해. 친구나 동료도 생길 테니까. 말은 이렇게 하지만 난 학비를 대 줄 처지가 못 된다. 사립대 미대는 학비가 꽤 들 텐데. 대학에 따라 다르겠지만, 그래도 1년에 200만 엔(우리 돈으로 대략 2,000만 원)은 들지 않을까?"

"에? 그렇게나……?"

"그럼. 장학금 대출을 받는다고 해도 입학금이나 학비뿐만 아니라 재료비도 들 거야. 여하튼 그렇게 대출을 많이 받으라고는 차마 말할 수 없구나. 그렇다고 하면, 어떻게 네 아비를 설득할 수 있을까?"

할아버지는 물수건으로 입 주위를 닦으면서 한숨을 쉬었다.

"그건 안 될 거예요. 아버지가 순순히 그러라고 할 리가 없어요. 게다가 리키를 집단 따돌림이 없다는 리버티リバティ학원대학 부속중학교에 보내려는 것 같아요. 그 학교는 사립이라 학비가 엄청나게 비싸다고요."

"아, 그 학교? 난 그렇게 특별한 학교는 별로 내키지 않는다만……. 명문 학교에 들어가지 못한 응석받이 도련님들만 들어가는 학교 아니냐? 그런 학교에 들어간다고 리키가 행복할지 모르겠구나."

할아버지의 입술이 일그러졌다.

"잘 모르겠지만 리키한테는 그 학교밖에는 없을 거예요. 하나라도 잘하는 과목이 있으면 다른 과목 성적은 나쁘더라도 입학이 가능한 것 같으니까요. 리키는 국어 성적이 좋아요. 특히 작문 실력이 뛰어나서 상을 탄 적도 있잖아요. 더구나 아무리 결석일수가 많아도 의사의 진단서가 있으면 문제없대요. 그리고 자동으로 대학까지 진학할 수 있어요. 그러니까 내가 사립 미대에 갈 형편은 안 돼요. 간다면 국립 예술대학이겠죠."

할아버지는 오른손을 좌우로 휘휘 흔들었다.

"아니야. 국립이든 뭐든, 미술이나 예술 같은 말이 붙어 있으면 네 아비는 반대할 거야. 어차피 학비를 내 주는 사람은 부모니까 부모가 납득하지 못하는 대학이라면 좀 어렵겠지. 아 참, 내 정신 좀 보게, 이런 수가 있었지!"

할아버지가 급히 눈을 초롱초롱 반짝였다.

할아버지는 장난을 칠 때 대개 이런 눈빛을 보인다.

"뭔데요?"

"국립대 공학부의 공업디자인과에 들어가는 방법도 있어. 미대 디자인과와는 달리 공학에 가까우니까 너한테는 오히려 적성에 더 맞을지도 모르겠다. 지금 학교 재단의 대학에 공업디자인과도 있지 않냐? 그게 아니면 국립대를 노려 봐라. 입시 때 네 아비에게는 국립대 공학부에 가겠다고 얼버무리면 되고 말이다. 일단 입학하고 나면 뭐라고 한들 어쩌겠냐? 다만 지금 성적이 좋다고 방심하면 들어갈 수 없어. 음, 너야 잔소리하지 않아도 알아서 열심히 공부하겠지만 말이야."

나도 모르게 웃었다. 할아버지다운 꼼수다.

"아하, 그런 방법이 있군요. 어쩌면 의자에만 국한하지 말고 공간 전체를 시야에 넣는 것도 재미있을지도 모른다는 생각이 들기 시작했어요. 건축학과는 어떨까 하고요. 앞으로 찬찬히 생각해 볼게요."

"아하, 건축!"

할아버지는 눈을 가늘게 떴다.

"그것도 재미있겠다. 내가 의자를 만들 때도 의뢰인 대다수는 건축가였거든. 괜찮은 생각 같은데? 흠, 그래, 잘 생각해 봐라."

가볍게 고개를 끄덕이는 할아버지를 보면서 나도 고개를 끄덕거렸다.

할아버지가 내 편이라서 얼마나 든든한지 모른다.

내 방에 돌아와 다시 의자 디자인에 달려들었다.

나무 의자, 그리고 등받이는 105도!

일단 인간공학을 바탕으로 디자인을 해 보자. 하지만 계산대로 되지 않을 때도 있을 테니까 좀 더 조사해 봤다.

분명히 앉는 면의 높이나 등받이 각도를 조절할 수 없는 의자라면, 아무리 인간공학적 설계라고 해도 평균 체형을 가진 사람을 염두에 둔 이상적인 값일 따름이지 '바로 이거다!' 싶은 절대치가 있는 것은 아니다.

키뿐만 아니라 다리 길이, 특히 무릎 아래 길이에 따라서도 다르고, 신발을 벗고 앉느냐 아니냐(남자 구두라도 굽 높이가 3센티미터쯤은 된다)에 따라서도 다르고, 앉는 자세의 버릇이나 선호, 취향, 또 소재나 디자인에 따라서도 다르다.

할아버지가 옛날에 네덜란드 수출용으로 의뢰받은 의자는 앉는 면의 높이를 5센티미터쯤 높였던 것 같다. 네덜란드 남자의 평균 신장이 184센티미터라고 하니까, 일본 남자의 평균 신장인 171센티미터와 비교하면 13센티미터나 차이가 난다. 더구나 그들은 신발을 신은 채 앉기 때문에 차이가 더 크게 난다.

앉는 면의 깊이도 당연히 달라진다. 그 탓에 디자인의 균형이 무너져서 디자이너가 디자인을 적용하는 데 고생이 자심했다고 한다.

나는 다시 종종걸음으로 할아버지 방에 가서 앉음새의 편안함에 대해 물어보았다.

"앉음새가 편안한가 아닌가는 한마디로 딱 잘라서 말할 수 없구나."

할아버지는 옛날 기억을 더듬듯이 말했다.

"이를테면 말이다, 손님이 오래 앉아 있기를 바라지 않는 가게라면, 의도적으로 앉는 순간에는 쾌적하지만 오래 앉아 있을 수는 없는 의자로 만들겠지. 오래 앉아 있기를 바라는 가게라고 해서 쿠션을 부드럽게 만든다고 다 되는 건 아니란다. 허리를 깊숙이 들여 앉으면 당장은 '아, 푹신푹신하다' 싶은 최고의 쾌적함을 느끼겠지만, 허리가 틀어져 점점 불편해진단다."

나는 계속 메모만 했나.

"내가 앉아 있는 이 팔걸이의자는 말이다."

할아버지는 당신이 앉아 있는 의자의 쿠션을 꾹 눌러서 보여주었다.

"밖에서는 보이지 않지만 뒤쪽하고 한가운데하고 앞쪽에 넣은 우레탄폼의 경도硬度가 각각 다르단다. 세 종류의 우레탄을 이어 붙여서 넣은 거야. 체중이 실리는 한가운데는 반발력이 강한 우레탄이 있어. 그렇지 않으면 금방 납작해져 버리겠지?"

의자 이야기는 면면히 이어진다. 의자를 만들 때는 밖에서 보이지 않는 부분에도 세심한 공정이 필요하다. 의자는 마치 소우주 같다. 알면 알수록 깊이를 알 수 없다.

결국 나는 완벽한 의자란 있을 수 없다는 걸 깨달았다. 특히 높이를 조절할 수 없는 의자의 경우 표준 사이즈로 만들 수밖에 없지만, 하루가 다르게 체격이 바뀌는 내 또래들에게 몇 년이나 계속 높이가 같은 의자에 앉으라고 하는 것은 고역이다. 중학교 1학년이 되었을 때 나는 우리 반에서 앞쪽이었다. 2학년이 끝날 때는 뒤에서 네 번째였다. 단 2년 만에 20센티미터도 넘게 큰 거다. 지금도 여전히 키가 크고 있다. 앉는 면의 높이가 고정되어 있으면 좋을 리 없다.

주제는 사무용 의자에 대항하는 뜻에서 가정용 의자로 정했다. 가스 실린더를 사용하지 않고 높이를 조절할 수는 없을까? 이왕이면 디자인을 훼손하지 않는 방법으로…….

문득 머리에 떠오른 의자가 있다. 누군가의 집 피아노 앞에 놓여 있었는데, 수동으로 높이를 조절할 수 있는 의자였다. 양옆에 있는 핸들을 돌려서 앉는 면의 높이를 조절하는 방식이다. 그렇지만 높이를 올렸을 때 앉는 면의 아래 구조가 드러나는 것이 마음에 걸렸다.

마찬가지로 다리가 X자인 피아노 의자도 떠올랐다. 다리를 벌렸다가 조였다가 하면서 높이를 조절할 수 있는 의자는 어떨까? 하지만 X자 다리라면 디자인에 한계가 있다.

등받이 없이 앉는 면을 빙글빙글 돌려서 높이를 조절할 수 있는 회전식 둥근 스툴도 있다. 그런 의자는 앞뒤가 딱히 없으니까 상관없지만, 등받이가 있는 경우는 다르다. 의자를 돌려서 딱 좋은 높이로 만든 다음, 책상과 등받이가 평행이 되도록 의자를 다시 놓아야 한다. 음, 그러면 사용하기 번거로워서 안 되겠지? 쳇, 기각이다.

어라, 잠깐만! 높이를 조정한다고 해서 매일 바꿀 필요는 없잖아. 한번 높이를 맞추어 놓고, 아이라면 키가 클 때까지, 어른이라면 줄곧 높이를 바꾸지 않을 것이다.

그렇다면 옛날 의자처럼 앉는 면의 프레임을 지탱하는 파이프에 몇 센티미터마다 구멍을 뚫고, 그것을 감싸는 파이프에도 구멍을 뚫어 커다란 볼트 같은 것으로 고정하면 되지 않을까? 아래로 몸을 구부려 들여다보지 않으면 구멍은 보이지 않을 테니까 디자인의 단점도 두드러지지 않는다.

그래서 물림쇠인 볼트 대신 말끔하게 생긴 커다란 핸들을 붙여 그것을 디자인 포인트로 삼으면 어떨까?

전부 나무로 만들 수 있을까?

나는 곧바로 스케치를 시작했다.

15
프리스타일

오늘 우리는 리리의 방에서 프로젝트를 진행한다.

리리의 방은 원색 쿠션이 몇 개 놓여 있을 뿐, 나머지는 모노톤으로 수수하다. 오빠 방인가 하고 착각할 정도다. 벽에는 아이돌 포스터 한 장 붙어 있지 않고 헝겊 인형조차 없다. 그 대신 공구 상자나 책, 작은 의자 모형(산 것으로는 보이지 않으니까 아마도 리리가 만든 것이겠지), 레오나르도 다빈치의 발명품 미니어처 모형이 늘어서 있다.

스피커에서 유행가가 흘러나왔다.

"리리는 개성 있게 자기 길을 걸어가는 사람이라 인디음악 같은 걸 들을 줄 알았어."

내가 이렇게 말하자 리리는 혀를 날름 내밀었다.

"음악에는 특별히 취향이랄 것이 없어서 언제나 라디오를 듣는 편이야. 신나고 흥이 많은 노래를 들으면서 수작업을 하는 걸 좋아해. 깊이 침잠해서 들어야 하는 음악은 모형을 만드는 손의 움직임을 멈추게 해서 별로야."

과연 그렇구나. 리리답다.

"일단 그려 봤는데……."

스스로는 결정판이라고 생각하는 디자인 스케치를 리리에게 머뭇머뭇 조심스럽게 내민다. 수채 물감으로 투명하게 색도 입혔다.

"제목은 '프리스타일'이라고 붙여 봤어. 어때? 스포츠 경기의 프리스타일을 연상시키도록 말이야. 자유롭게 사용법을 선택할 수 있는 의자라는 뜻으로……."

리리는 눈빛을 반짝였다.

"우아, 이거 좋은데! 제목도 마음에 들어! 등받이 부분 합판의 곡선도 예쁘게 나왔는걸. 이런 승강식은 옛날부터 있었지만 보통 금속 파이프로 만들어. 나무로 만들 경우에는 대개 양옆에 달린 다리에 큼직한 구멍을 숭숭 뚫어서 밀어 올리거나 내리는 식인데, 그러면 디자인은 예쁘게 나오지 않지. 하지만 이 의자는 파이프 하나를 축으로 삼고 그 아래 십자형으로 합판을 조합해서 다리를 만들었네. 아주 깔끔해. 의자 바퀴가 붙어 있지 않은 건 나무이기 때문이지?"

난 그렇다는 뜻으로 고개를 끄덕인다.

"게다가 이 의자라면 기능적으로 바퀴가 없어도 괜찮을 것 같아. 그 대신 앉는 부분이 회전하도록 만들고 싶어. 바퀴가 없더라도 책상에 앉은 상태에서 쉽게 일어나려면 회전이 가능한 쪽이 편할 테니까."

"응, 그렇겠다. 앉는 부분 아래 금속 프레임을 넣어서……."

리리는 계속 고개를 끄덕인다.

"팔걸이도 등받이도 의자랑 일체형이라 굉장히 예뻐! 예스럽기도 하지만 새로운 느낌도 있어서 세련되어 보이고. 이런 의자라면 나도 갖고 싶은걸."

쓴소리를 서슴지 않던 리리가 이렇게까지 칭찬해 줄 줄은 몰랐다. 나는 솔직히 쑥스러워졌다.

"고마워. 의자 축이 되는 파이프 말인데, 움직이는 안쪽 파이프를 감싸는 바깥쪽 파이프가 문제야. 강도를 보장하려면 목제 안에 쇠파이프를 넣는 편이 좋겠지만, 지난번에 네가 나무와 철은 신축률이 다르니까 만들기 힘들다고 하지 않았어?"

지적당하기 전에 미리 문제점을 꺼내 놓는다.

"응, 그랬지. 하지만 그때는 나무 두께가 가는 디자인에 특수한 목재라서 문제였지만, 이건 두께가 꽤 있어 보이니까 괜찮아. 처음부터 목제 안에 쇠를 조합해 만든 '천연목 철근 파이프'라는 것이 있어. 바깥지름 19, 25, 32밀리미터짜리는 쉽게 살 수 있고, 우리 회사에서 만드는 40밀리미터짜리도 있어."

"오, 그래? 진짜 잘됐다!"

안도의 한숨이 나왔다. 살았다! 그것이 가장 골칫거리라고 생각했으니까.

"일단 조잡하게나마 모형을 만들어 봤어."

모델링 클레이라고 부르는, 굳지 않는 엷은 갈색 점토로 만든 모형을 상자에서 꺼내 리리 앞에 놓았다.

"흐음, 제법 잘 만들었네."

"그럼 이제 곧장 목업을 만들어 볼까?"

이렇게 물었더니 리리는 양손을 과장스럽게 내저었다.

"아무리 모델링 클레이로 모형을 완성했다고 해도 곧장 실물 모형을 만드는 건 대단히 위험해. 물론 숙련된 전문가라면 그렇게 못 할 것도 없지만, 우리는 아직 미숙하잖아."

"그야 그렇지." 말해 놓고 스스로 웃어 버린다.

하루라도 빨리 실물 크기의 모형이 보고 싶어 몸이 근질거리기는 해도, 제대로 된 5분의 1 모형을 만들 필요가 있다는 것도 잘 알고 있다. 할아버지는 "두 사람이 역할을 분담한 이상에는 리리에게 전적으로 맡기든지, 아니면 같이 만들어라" 하고 조언해 주셨다. 그런데도 크기는 5분의 1로 축소했을망정 세부는 생략한, 조잡한 모델링 클레이 모형밖에 만들지 못했다. 이런 모형으로는 비례 정도나 볼 수 있을 따름이다. 제대로 된 5분의 1 모형은 세부까지 정교하게 만들기 때문에 디자인도 충분히 가늠해 볼 수 있다.

다만 5분의 1 모형을 보고 디자인이 퍽 괜찮다고 생각하더라도 목업을 만들면 이런저런 문제점이 나오기 마련이다. 실제로 앉아 보면 생각만큼 편안하지 않을 수 있다. 디자인도 작은 모형으로는 균형이 맞아 보였어도 실물 크기로 만들어 놓으면 어색하고 잡스러워 보이기도 한다.

이런 것은 할아버지에게 미리 이야기를 들어 알고 있다. 하지만 아무래도 마음이 급해진다. 작품 패널을 제출하는 날까지 두 달 조금 더 남았을 뿐이다.

목업을 만들었는데 수정해야 할 곳이 많이 나오면 어떡하지?

최악의 경우에는 디자인을 전면적으로 뒤집어엎어야 할지도 모른다.

6월 하순은 시험 기간이기 때문에 공부에 집중해야 한다. 성적이 떨어지면 무슨 소리를 들을지 모르니까 말이다. 게다가 리키와 리리의 공부도 도와주어야 한다. 음, 시간이 없다!

내일부터 시작되는 황금연휴와 5월 말에서 6월 초순에 이르는 주말밖에는 여유 있게 제작할 수 있는 시간이 없다. 아흐레 동안이나 회사를 쉬게 된 아버지가 외가인 히다타카야마飛騨高山에 가자고 제안했지만, 그렇게 오래 할아버지를 혼자 둘 수 없다는 그럴싸한 구실을 붙여 나는 빠지기로 했다. 뭐, 구실이 아니라 사실이지만. 그러자 아버지가 “그럼 우리 식구 다 얌전하게 집에나 있을까?” 하는 바람에 내심 초조했는데, 내가 대회에 나가는 걸 알고 있는 어머니가 잘 둘러대 주었다. 덕분에 나와 할아버지는 집에 남고 나머지 세 사람은 여드레 동안 외가에서 지내기로 했다. 이러면 의자를 만드는 데 집중할 수 있다.

그렇다고 해도 정말 시간에 맞출 수 있을지 불안하다.

“리리, 너도 황금연휴에 어디 가거나 하지는 않을 거지?”

만일을 위해 리리에게도 확인해 두었다.

“응, 안 갈 거야. 내가 어디에도 안 가겠다고 고집을 피웠어.

오빠가 오키나와에서 돌아와 일주일 동안 머무를 거고, 엄마는 내가 대회에 나가는 걸 응원해 주니까. 음, 한 번 정도는 가족끼리 레스토랑에 가서 외식을 하겠지만, 그것 말고는 아무 데도 안 길 거야."

난 마음이 놓여서 엄지손가락을 척 올렸다. 리리도 생긋 웃더니 엄지손가락을 척 올렸다.

"그럼 설계 도면을 검토해 보고 곧장 정교한 5분의 1 모형을 만들어 보자."

플라스틱 도면 케이스에서 크고 작은 도면을 꺼낸다. 크기가 큰 것은 커다란 모조지에 그리고, 5분의 1 모형은 모눈종이에 트레이싱 페이퍼(그림을 본뜨는 데 쓰이는 얇고 반투명한 제도 용지)를 대고 그렸다. 전문가나 대학생이라면 설계 도면용 소프트웨어를 사용해 도면을 만들겠지만, 그렇게 비싼 것은 갖고 있지도 않거니와 사용해 본 적도 없다.

"꼼꼼하구나. 엄청나게 정확해. 하지만 실물 크기 도면은 아직 일러. 5분의 1 모형을 만들고, 그런 다음에 응용해서 만들어야 할 거야."

리리가 자를 대고 길이를 확인하면서 말했다.

"응, 알았어. 일단 그려 본 거야. 연필이니까 지울 수 있어."

"오케이!" 이렇게 외치면서 도면을 점검하는 리리의 눈빛은 그야말로 진지함 그 자체다.

"이 파이프의 핸들 부분은 5분의 1 모형이면 너무 작아서 나무로 만들기 힘들지도……."

이렇게 말한 리리가 도면에서 시선을 떼고 의자에 걸터앉더니 팔짱을 끼었다.

"그럼, 그 부분은 수지樹脂 점토로 만들면 어떨까?"

내가 제안했지만 리리는 고개를 가로저었다.

"수지 점토는 잘 못 다뤄. 발사balsa(절연재나 구명구, 공작 재료로 쓰이는 열대 아메리카산 상록교목)재로 하자. 커터 칼로 자를 수도 있고, 깎아서 예쁘게 가공할 수도 있어. 그저 디자인을 보기 위해서라면 고정해 놓고 위아래로 움직이지 않아도 되잖아?"

"응. 그 정도로 충분하지."

"등받이나 팔걸이, 앉는 부분의 세련된 곡선 말인데, 5분의 1 모형은 아주 얇은 목재 시트를 몇 장 구부려 붙이거나 나뭇조각을 깎으면 만들 수 있어. 하지만 실제 크기로 만들 때는 어떻게 하지? 아직 진짜 성형 합판으로 작업해 본 적은 없거든."

허걱……. 목소리를 내지는 않았지만 당황했다. 그런데 곰곰이 생각해 보니 중학생이 성형 합판처럼 어려운 소재로 무언가 만들어 봤을 리 없잖아? 흐음, 어떻게 하면 좋을까.

"그렇게 어려워?"

리리는 고개를 크게 끄덕끄덕했다.

"만들어 본 적이 없으니까 이 공정이 제일 까다로울 것 같아. 그래도 이거야말로 이 의자의 매력 포인트니까 제대로 만들어야겠지. 음, 괜찮아. 성형 합판은 나중에 기술자 아저씨들이랑 의논해 보고 어떻게든 해 볼게. 나한테 맡겨."

'어떻게든 해 볼게', '나한테 맡겨' 하는 마음 든든한 말은 나를 안심시켜 주는 즉효 약이었다.

우리는 5분의 1 모형을 만들기 시작했다.

내 눈에 보이는 리리의 손은 신싸 기술자의 그것처럼 재빠르고 믿음직스럽게 사사삭 움직인다.

나는 오로지 조수 역할만 한다. 공구 상자나 나사 통에서 필요한 것을 꺼내 달라는 대로 리리에게 건네준다.

리리는 아래층에 있는 공방으로 달려가 눈 깜짝할 사이에 나뭇조각을 잘라서 가져왔다.

"줄(공구용 강철에 무수히 날을 세워 공작물 표면을 다듬는 데 쓰는 손 공구)이랑 샌드페이퍼(종이나 천에 유리 가루나 숫돌 입자를 붙여 공작물 표면을 갈고 다듬는 데 쓰는 도구)로 모서리를 다듬어 줘. 자, 이거 쓰고."

눈을 보호하는 투명한 고글 아래 코와 입을 철저하게 감싸는 입체 마스크를 쓰고 세밀한 작업에 사용하는 특수한 장갑도 끼고, 우리는 직사광선이 내리쬐는 발코니에서 나뭇조각의 모서리를 다듬는다.

리리가 준비해 놓은 커다란 상자에는 '줄&샌드P'라고 쓰여 있고 여러 가지 도구가 들어 있다. 크고 작은 다양한 목공 줄, 작게 잘라 놓은 샌드페이퍼가 깨끗하게 정돈되어 있다. 샌드페이퍼는 거친 것부터 고운 것까지 다섯 단계로 번호가 붙어 있다. 완만한 모양의 나뭇조각에 스펀지를 감고, 거기에 샌드페이퍼를 붙여 놓은 것도 몇 종류나 된다. 큼직한 샌드페이퍼를 그대로 붙여 놓은 판자도 있다. 평면을 마무리할 때 편리할 것이다.

"우아, 대단하다. 이렇게 도구가 많구나. 우리 할아버지가 갖고 계시던 도구는 친한 기술자들에게 다 나누어 주어서 지금은 거의 남아 있지 않아. 줄이나 샌드페이퍼는 학교 기술 시간에 사용해 봤지만, 이렇게 다양한 도구를 보기는 처음이야."

"하하하. 이건 내가 쓰는 거야. 공장에 있는 걸 하나하나 빌리려면 귀찮으니까 내가 쓸 것을 한 군데에 모아 놨어. 나뭇조각과 스펀지는 남는 걸 슬쩍 가져왔지만……. 물론 전기톱이나 탁상 원형 톱은 혼자 사용하면 혼나. 위험하다고 말이야. 공장에서 누군가 있을 때만 사용할 수 있어. 전혀 믿어 주지 않는 거지. 열여덟 살이 되면 감시받지 않고 사용해도 좋다는 약속은 받아 놨지만, 과연 어떻게 될지……."

마스크를 써서 웅얼웅얼하는 리리의 목소리는 평소보다 부드럽게 들린다.

"음, 뭐 중학생 여자애가 혼자 전기톱으로 목재를 자르는 일은 위험하다면 위험하겠지."

내가 혼잣말처럼 이렇게 말하자 리리는 일하던 손을 멈추고 내 쪽을 지그시 노려본다.

"그게 뭔 소리? 남자애는 괜찮고?"

"아, 아니, 남자애도 마찬가지겠지만……."

'여자애니까 안 된다'는 말을 리리가 아주 싫어한다는 걸 깜빡하고 나도 모르게 그런 말을 해 버렸다. 으음, 나도 모르게 말했다는 것은 나한테 그런 편견이 있다는 말이겠지?

"미안, 꼰대 아저씨처럼 말했네."

리리는 눈살을 찌푸리고 마스크를 내리더니 "다음에도 그렇게 말하면 가만히 있지 않을 거야" 하고 날이 선 목소리로 말했다. 가슴이 쿵 내려앉았다.

"농담이야. 하하하!"

리리가 웃으면서 말하더니 다시 마스크를 썼다. 그러고는 샌드페이퍼를 쥔 손을 쓱쓱 움직인다.

"목업을 만들 때 공장은 휴업 중이지 않아?"

마음을 놓은 나도 손을 움직이면서 묻는다.

"월요일과 화요일은 쉬지 않고 작업할 거야. 우리 회사처럼 작은 회사에선 누구든 연휴에 쉬고 싶다는 말을 하지 않는 것 같아. 하지만 공장이 문을 닫은 휴일에 기계를 돌리려면 반드시 할아버지에게 허락을 받아야 할 거야. 가능하면 월요일과 화요일에 목업에 쓸 재료를 전부 잘라 놓고 싶어."

"그 말은 다시 말해 오늘부터 사흘 동안 5분의 1 모형을 바탕으로 디자인을 웬만큼 완성해 놓아야 한다는 거네."

"맞아, 바로 그거야" 하더니 리리는 내 손을 가리켰다.

"그렇게 하면 나무의 섬유질이 말려 올라가니까 이쪽 방향으로 해."

시범을 보여 주는 리리의 손놀림을 보고 있으면 감히 중학생이라는 생각이 들지 않는다. 나는 존경하는 눈빛으로 리리를 똑똑히 지켜본다.

대단하다. 여자애라는 게 아깝다.

아차, 또 그런다. 나도 참.

후유, 한숨을 쉰다.

"왜 한숨이야?"

리리가 갑자기 내 눈을 들여다보았다. 가슴이 뜨끔해 시선을 피한다.

나는 몰래 두 번째 한숨을 쉬었다.

내가 디자인한 의자가 처음으로 정교한 모형으로 만들어져 지금 내 손바닥 위에 놓여 있다. 여유 있게 기뻐할 때가 아니지만 그래도 역시 기쁘다.

그런데 뭔가 좀 이상하다.

찬찬히 자꾸 바라보고 있으니 리리가 "어라, 으음" 하고 옆에서 불만스러운 듯한 소리를 냈다.

"완성도가 높은 디자인인 건 맞는데, 이대로는 강력한 한 방이 없는 것 같아."

리리 말을 듣고 곧바로 반박해 보려 하지만 부정할 수 없다.

"흐음, 정말 좀 밋밋하네."

"맞아, 대회에 작품으로 내도 좋을까? 어쩐지 좀 미진하다는 생각이 드네. 스케치만 봤을 때는 인상적이었는데 말이야. 왜 그렇지?"

둘이서 5분의 1 모형과 스케치를 비교해 본다. 똑같은데도 뭔가 다르다.

"음, 스케치로 볼 때는 미묘하게 불균형한 비율이나 흐르는 것 같은 선이 재미있게 느껴졌거든. 그런데 인간공학을 참고해서

명확하게 선을 다시 그은 도면에 따라 만들어 보니까, 뭐랄까, 이게 좀……."

좀 더 잘 표현하려고 머리를 굴려 본다.

"너무 정상적이라고 할까?"

리리가 한마디로 알맞게 표현한다.

그렇다. 너무 정상적이다.

"응. 하지만 비율을 스케치대로 적용하면 아마도 앉음새가 불편해질 거야. 앉는 면의 깊이는 너무 깊고, 등받이는 너무 낮고 말이야."

도면을 그릴 때 머릿속에 그렸던 이미지와 벌써 멀어졌다는 것을 깨달았다.

"그래, 네 말이 맞아. 정말 그래."

리리가 살짝 찡그리며 모형을 물끄러미 응시한다. 잠시 시간이 흐른 뒤 리리는 벌떡 일어나 책장 구석에서 뭔가를 꺼내 들고 돌아온다. 5분의 1 크기의 인체 모형이었다. 화구畵具 가게에서 파는 목제 데생 인형과는 달리 인간 여성의 모습 그대로 살집도 붙어 있다.

"이건 세디아에서 인체를 5분의 1로 축소해 만든 특제 모형이야. 가게에서 파는 데생 인형은 다리 길이나 살집 같은 것을 대충대충 만들지만, 이건 일본인 표준 체형으로 제대로 만들었어. 관절도 있고 신발도 신을 수 있거든. 어른, 아이, 노인의 남녀 모형이 각각 다 있어."

"우아, 정말 대단하구나! 이런 것까지 만들다니 말이야. 이거

종류별로 다 갖고 싶다."

"하하, 성공하면 다 사시든가요. 상당히 비싸거든."

리리는 혀를 날름 내밀었다.

나는 웃으면서 그것을 받아들어 의자 모형에 앉혀 보았다. 그러고는 깜짝 놀랐다.

인간공학을 바탕으로 내 몸과 비교해 산출한 각 부위의 크기는 분명 정확하게 계산된 것이었다. 하지만 이 모형 여성이 앉은 모습은 어쩐지 부자연스러웠다.

"이 모형은 앉음새가 불편해 보이는데?"

이렇게 중얼거렸더니 리리가 웃었다.

"정말 그래. 이 사람은 신장을 159센티미터로 설정했어. 일본 성인 여성의 평균 키가 그렇거든."

"아, 그래?"

잠깐 딴청을 피웠다. 내 사이즈를 생각하고 있었다. 20센티미터쯤 차이가 있다.

"물론 모든 사람에게 완벽하게 맞출 수는 없겠지만, 팔걸이가 좀 높지 않아? 팔걸이가 높은 것보다는 좀 낮은 의자가 편한 느낌이 들잖아. 그러니까 키가 큰 사람도 약간 낮은 팔걸이는 괜찮을 것 같은데."

리리의 말을 들으며 머릿속에 있던 의자의 이미지가 급속하게 변하기 시작했다.

팔걸이의 높이를 낮추면, 이 곡선을 좀 더 부드럽게 만들 수 있다. 그러면…….

나는 서둘러 도면 위에 트레이싱 페이퍼를 한 장 올려놓고 디자인을 고쳐 본다. 단 2센티미터만큼, 즉 이 모형에서는 4밀리미터를 낮추는 것만으로 등받이부터 이어지는 곡선이 훨씬 더 자연스럽게 흘러간다.

"어때? 이렇게 하면 스케치의 이미지에 가까워지지 않아?"

리리에게 보여 주니 엄지손가락을 치켜든다.

"좋았어, 팔걸이와 등받이 부분을 다시 만들어 보자!"

16
우리 의자

5분의 1 모형을 완성시켰다. 그것을 꼼꼼하게 점검하고 나서 드디어 실물 크기의 모형을 만들기 시작했다. 우선은 두꺼운 골판지를 자르고 구부려서 실이나 테이프로 대충 형태를 만들어 본다. 되도록 재료를 낭비하지 않기 위해서다.

제대로 잘 만들어지면 드디어 진짜 목업 제작으로 들어간다. 아직 수련생인 리리에게는 난이도가 높은 작업이 될 것이다.

나는 또다시 조수가 되어 모델러인 리리의 뒤를 쫓아다닌다.

보호용 고글과 장갑을 착용하고서 엄청난 금속음을 윙윙 내는 탁상 전기톱으로 나무판자를 자르는 리리를 쳐다본다. 그냥 듬직하다는 말로는 부족하다. 생각할수록 파트너 리리는 자랑스러웠다.

리리는 기술자들의 지시에 따라 사전 준비를 척척 해 나갔다.

예전처럼 단지 '학교 기술 숙제'를 하느라 성형 합판을 다루는 것이 아니기 때문에 기술자들에게도 리리 할아버지에게도 대회에 나간다고 이야기해 두었다. "심사위원들에게는 너희 팀의 한 사람이 내 손녀라고 말하지 않을 테니까 공평하게 평가받도록 해라." 리리 할아버지는 이렇게 말씀하셨다.

성형 합판이란 얇은 판자를 접착제로 여러 겹 붙여 만든 합판을 오목 꼴로 놓고 가열하면서 볼록 꼴로 프레스가공 하는 것을 말한다. 하지만 목업을 만들 때는 전부 다 손으로 작업한다. 우선 등받이나 앉는 부분의 디자인에 맞추어 나무 형태를 볼록 꼴로 만든다. 이 볼록 꼴 나무에 둘둘 마는 욕조 덮개나 셔터처럼 각진 파이프를 이은 유연한 금속판을 얹어 놓고 모양에 맞게 단단하게 고정시킨다. 그 위에 아직 접착제가 마르지 않은 합판을 놓고, 샌드위치를 만들 때처럼 그 위에 또 다시 각진 파이프를 이어 만든 금속판을 덮는다. 전체를 천천히 조이면서 말아 올린 다음 그대로 몇 시간 방치한다. 이 방법을 쓰면 통상적인 프레스 가공이 필요 없기 때문에 덜 수고스럽고, 모양도 변형하기 쉽다고 기술자 아저씨들이 가르쳐 주었다.

기다리는 동안 다른 작업에 착수했다. 앉는 면의 높이를 조절하는 핸들도 디자인의 포인트이니까 일부러 눈에 잘 띄도록 커다랗게 만든다. 리리가 아름다운 나뭇결이 겉으로 나오도록 합판을 깎아 주었다.

건조한 성형 합판을 가공할 때 귀퉁이가 약간 떨어져 나갔지만, 연마기(숫돌을 회전시켜 공작물 표면을 매끄럽게 갈아 내는 기계)와

샌드페이퍼로 겨우 모양을 복구할 수 있었다. 리리의 제일 심각한 고민은 스케치 이미지에 최대한 가깝도록 등받이와 팔걸이의 유장하게 흐르는 듯한 곡선을 만드는 일이었다. 팔걸이와 한 몸인 등받이에 앉는 부분을 멋지게 끼워 맞춘다. 이것은 가장 중요한 디자인 포인트이기 때문에 신중하게 임해야 한다. 엄격하기 이를 데 없는 리리 할아버지도 "어허, 처음 만든 것 치고는 꽤 잘 만들었구나" 하고 칭찬할 만큼 리리는 젖 먹던 힘까지 내어 만들어 주었다.

"그거 가져다줄래?", "거기, 좀 더 꽉 잡고 있어" 하고 리리가 주문할 때마다 나는 신속하게 움직였다.

"2번 십자드라이버 좀 줘."

"알았어."

마치 수술하는 외과의와 조수 같다.

하지만 "스터비stubby!" 하는 주문을 들었을 때는 나도 모르게 "뭐라고?" 하고 되물었다.

"아, 거기 있는 묵직하고 땅딸막한 드라이버 말이야. 여기, 스터비가 없으면 나사를 죌 수 없어."

리리는 마치 전문 기술자 같다.

실물 모형의 각 부분을 전부 조합해 바닥에 놓았을 때 "우왓!" 하고 절로 탄성이 나왔다.

나는 연휴 기간에 끓어오르던 뜨거운 열정을 숨길 수 없었다. 사이즈가 작은데도 마치 거대한 건물을 지어 올린 것 같은 엄청난 성취감이 몰려왔다.

많은 사람의 손으로 몇 개월, 몇 년씩 걸려 지어 올린 건물이 드디어 완공되었을 때 건축가는 도대체 어떤 기분이 들까? 특히 외국의 대성당처럼 백 년 단위의 시간에 걸쳐 건축물을 완성했다면……? 설계한 사람이 다시 살아나 자신이 설계한 건축물을 두 눈으로 볼 수 있다면 울음을 터뜨릴지도 모른다.

"역시 실제 크기로 보니까 대단하구나" 하고 탄복하면서 조립해 놓은 의자를 어루만졌더니 리리가 성을 냈다.

"그렇게 만지지만 말고 앉아 봐야지."

수긍하고 얼른 앉아 봤다. 앉아서 스마트폰을 만지거나 책을 읽거나 아이패드를 보는 자세를 취해 본다. 예상한 것보다 훨씬 편안하다.

만세를 부르듯 양팔을 든 채로 몸을 힘껏 뒤로 젖혔다.

그때 순간적으로 불길한 예감이 스쳤다. 어쩐지 불안정한 느낌이 들었기 때문이다.

"자, 이제 내가 앉아 볼게."

이번엔 리리가 앉아서 내가 그랬듯 이런저런 자세를 취했다.

하지만 아무 말도 하지 않고 "괜찮네" 하는 한마디만 하더니 만족한 듯 일어섰다.

"몸을 뒤로 젖혔을 때 뒤쪽에 불안정한 느낌이 들지 않았어?" 하고 물었더니, 리리는 "난 아무렇지도 않았어. 하지만……" 하며 나와 키를 비교했다.

"10센티미터는 차이가 나서 그런가? 다시 한번 앉아서 뒤로 젖혀 볼래?"

앉아서 양팔을 올리고 힘을 실어 몸을 뒤로 젖혔다. 기우뚱, 삐걱!

"앗, 안 되겠어. 부서질지도 몰라."

리리가 몸을 구부리고 의자의 접지점을 확인하더니 나뭇조각을 덧대어 보고 안정성이 나아졌는지 점검한다.

"안정성을 확보하려면 2센티미터쯤 더 있어야 할 것 같아. 아니면 접지점을 다섯 개로 하면 좋아질 거야. 접지점이 많을수록 안정성이 커진다는 얘기를 들은 적이 있어. 그러면 디자인은 어떻게 될 것 같아?"

"으음, 접지점이 다섯 개가 된다는 건 십자 다리를 다섯 개의 방사형으로 바꿔야 한단 말이겠지? 가능하면 그건 피하고 싶어. 2센티미터씩 늘일까……?"

다리는 되도록 단순하고 날렵하게 만들고 싶다. 그러려면 접지점을 바깥쪽으로 더 빼는 수밖에 없다. 하지만 군더더기 없는 디자인에 다리를 2센티미터씩 연장하면 균형감이 어그러질지도 모른다.

"인간공학에 맞춰 이상적으로 설계할 작정이었는데……."

이렇게 투덜거리면서 땅이 꺼지게 한숨을 쉬었다. 앞자리에서 작업하던 기술자 아저씨가 싱긋싱긋 웃으면서 이쪽을 쳐다봤다. 가공 기술은 가르쳐 주어도 되지만 심사에 공평을 기하기 위해 디자인에 관해서는 절대로 말을 거들어서는 안 된다고 리리 할아버지가 미리 귀띔해 둔 것 같다.

나는 일어나서 의자를 뚫어지게 쳐다보았다.

“아, 맞다……. 등받이가 좀 낮은 편이니까 내가 있는 힘껏 뒤로 젖히면 상반신의 절반이 뒤로 기우뚱하고 넘어갈 거야. 더구나 양팔을 위로 올리면 체중의 중심이 더욱 뒤로 이동해 불안정해지겠지? 리리는 나보다 키가 작고 체중이 가벼우니까 그런 일이 일어나지 않았을 뿐이야. 그러니까 일반적인 의자의 인간공학에 따르면 접지점의 사이즈가 이상적이라고 해도, 이 의자는 다리를 좀 뒤쪽으로 내야만 할 것 같아.”

기술자 아저씨를 흘깃 쳐다보았더니 고개를 살짝 까딱해 보였다. 합격이라는 신호일까. 마음이 놓였다.

“뒤쪽 다리 두 개만 2센티미터씩 뒤로 빼는 건 어떨까?” 하고 리리가 제안했다.

“좋은 생각이야. 앞쪽도 밖으로 늘이면 일어설 때 걸리거나 하니까 뒤쪽만 바꾸는 편이 현명하겠어. 하지만 그렇게 하면 중심의 파이프를 꽂아 넣는 각도가 바뀌니까 어쩌면 다시 만드는 셈이 될지도 몰라.”

내가 말하자, 리리는 자기 팔을 통통 두드렸다.

“이보세요, 디자이너 선생님, 맡겨 두시라고요. 목업을 만드는 이유가 뭐겠어요?”

“아이고, 잘 부탁드립니다.”

나는 순수한 마음으로 고개를 숙였다.

요새 들어 내가 상당히 변한 것 같다. 혼자서 할 수 있는 일이라곤 대수롭지 않다는 것을 깨달았기 때문이다. 벌벌 떨면서도 누군가에게 기대한다는 것, 그리고 누군가의 기대를 받는다는 것, 서로 의지하는 105도의 관계……. 수고와 즐거움을 함께하는 일이 이렇게 재미있다는 걸 미처 알지 못했다.

나와 리리만이 아니다. 이 의자를 만들려면 많은 사람의 손을 빌려야 한다. 기술을 가르쳐 준 세디아의 기술자들을 비롯해 목재를 판매한 사람과 가공한 사람, 통나무를 운반한 사람, 나무를 베어 쓰러뜨린 사람과 나무를 심은 사람, 그리고 볼트와 나사, 도료, 쿠션의 내장재와 거기 씌우는 천에 이르기까지 수많은 사람의 작업이 차례차례 이루어져 우리 손까지 넘어왔다. 만약 이 의자를 제품으로 출시하게 되면 더 많은 사람의 손을 거치게 될 것이다.

그렇게 생각하니 건축 같은 장대한 프로젝트는 아닐지 모르지만 이 단순한 의자 하나에도 사회적인 관계가 응축되어 있다는 생각이 들었다.

그 관계 속에 내가 있는 것이다.

세세한 곳을 몇 번이나 다시 고치고, 도료를 칠하고, 이윽고 우리 의자가 완성을 본 것은 7월 초였다. 도중에 중간시험을 치기 전 2주는 프로젝트를 일시적으로 중단하고 공부에 집중했다. 약속한 대로 리리의 공부를 도와주었고, 3개월 동안 리키의 몸 상태가 나쁘지 않으면 매일 한 시간씩 공부를 가르쳐 주었다.

물론 아버지에게는 비밀이었다. 들키면 곤란하다. 아버지는 리키가 열심히 공부하지 않아도 된다고 믿고 있고, 그럴 시간이 있으면 내 공부에 집중하라고 호통을 칠 게 보지 않아도 훤하다.

어머니는 매일 2층에 올라가는 나를 보고 어렴풋이 눈치챈 것 같지만 그저 "리키가 무리하지 않도록 조심해라. 그 애는 너하고 다르니까" 하는 말만 했다.

그러나 내 생각은 다르다. 리키는 아마도 나보다 머리가 좋을 것이다. 반짝거린다고 할까, 순간적으로 퍼뜩 이해할 때가 있다. 타고난 센스가 있다. 학교를 가지 않아서 공부가 뒤떨어진 것도 체력과 기력이 없기 때문일 뿐이다. 언젠가 리키가 체력과 기력을 되찾으면 더 이상 열도 나지 않을 것이고, 뭔가 재미있는 일을 해내지 않을까 싶다.

여하튼 결과적으로 리키의 성적은 올라갔고, 본인도 학교 수업이 재미있어졌다고 말했다. 나는 성적이 올라간 것보다도 수업이 재미있어지는 게 더 중요하다고 말해 주었고, 리키는 순순히 고개를 끄덕였다.

리리의 전체 석차도 30등이나 올라갔다. 결과가 나왔을 때 리리는 기쁜 나머지 복도에서 내게 달려들었다. 누가 볼까 당황했다. 아무리 상대가 리리라고 해도 여자애 아닌가. 가토 슌이 보면 놀릴 정도로 내 얼굴은 새빨개졌다.

나는 전체 석차가 10등으로 내려갔다.

아버지는 "다음에는 반드시 5등 안에 들어야 한다"며 엄한 표정을 지었지만, 내게는 그런 건 중요하지 않았다. 무엇보다 시험 성적이 나오기 전날 저녁에 드디어 우리 의자를 완성했다는 것이 중요했다.

그것은 기념해야 할 순간이었지만, 아직도 해야 할 일이 산더

미처럼 남아 있었다. 목업 사진을 찍고, 스케치와 도면, 그리고 설명을 붙여서 한 장의 프레젠테이션 패널로 만들어 제출해야 한다. 프레젠테이션 패널을 심사하는 예선에서 상위 20등 안에 들어간 팀만 최종 심사를 위한 실제 목업을 제출할 수 있다.

우리는 사진을 찍고, 설명문을 쓰고, 스케치와 도면을 복사하고, 그것을 붙여 패널을 만들었다. 대학생이라면 분명히 전체 과정을 컴퓨터로 작업하고, 전문 서비스센터에 의뢰해 대형 프린트로 뽑은 완벽한 패널을 제출할 것이다.

하지만 우리에게는 그래픽 소프트웨어가 없다. 세디아의 컴퓨터를 빌린다고 해도 그것을 다룰 만한 기술이 없다. 게다가 대형 프린트는 무척 비싸다. 따라서 전부 수작업으로 해낸다. 꽤 볼품있는 작품이라고 생각하지만, 실물을 보고 앉아 보지 않으면 이 의자의 장점을 인정받지 못할 것 같아 걱정스러웠다.

17
전국 학생 의자 디자인 대회

우리가 만든 작품은 예선을 통과했다.

리리는 당연하다는 표정을 지었지만, 솔직히 말해 난 자신이 없었기 때문에 뛸 듯이 기뻤다.

목업을 보낸 것은 일주일 전이다. 그리고 7월 마지막 토요일, 오늘은 드디어 결과를 발표하고 시상식을 한다.

"아버님을 재활 센터에 모셔다 드리고 나서 신이랑 리키를 데리고 시장에 좀 다녀올게요."

어머니가 아버지에게 이렇게 둘러대고는 우리를 자동차로 데려다준 덕분에 할아버지와 리키도 함께 왔다. 할아버지가 나보다 더 긴장한 듯 아침부터 부산스럽게 들떠 계셨던 터라 집에서 편안하게 쉬고 있는 아버지에게 들키지 않을까 조마조마 가슴을 졸였다.

어머니에게 부탁해서 대회에 나간다는 이야기는 마지막까지 아버지에게 비밀에 부쳤다. 어머니는 솔직하게 밝혀 두는 편이 더 좋다고 말했지만, 내가 하도 고집을 피웠더니 내 말대로 해 주었다. 가을 기말시험 때 반드시 성적을 올리겠다는 약속을 받아 낸 뒤에야 못 이기는 척 내 말을 들어준 것이다. 아버지는 얘기한다고 이해해 줄 사람이 아니다. 지금 들키면 중간시험 성적이 떨어진 까닭이 대회 준비 때문이라고 여길 것이다. 그러면 감시가 심해져서 내년에는 대회에 참가할 수 없다.

나는 스마트폰으로 몇 번이나 시간을 확인하면서 입구에서 리리를 기다렸다.

약속 시간이 10분이나 지났는데 리리는 아직 나타나지 않는다. 다른 작품들을 같이 보자며 결과 발표 시간보다 훨씬 일찍 만나기로 약속했는데 말이다.

짧은 청반바지에 흰 티셔츠 차림으로 리리가 달려왔다. 오늘 같은 날, 지나치게 캐주얼하다. 나는 교복 바지에 남색 폴로셔츠를 입었는데, 리리와는 어울리지 않는 차림이라 어쩐지 부끄러웠다.

"어, 미안, 미안. 늦잠을 잤어."

정말이지 리리답다. 예민한 나는 새벽에 눈이 떠졌는데, 리리는 대회 결과를 발표하는 당일에 늦잠을 잘 수 있구나. 정말 걸물이다.

서둘러 대회장에 들어갔더니 벽 쪽에 작품들이 죽 늘어서 있었다. "만지지 마세요. 사진 촬영 금지." 이런 간판이 서 있다.

맨 앞에 놓인 몇몇 작품은 입상 수준에 못 미치는 듯 보였다. "이래서야 너무 쉽게 입상하겠는걸?" 하고 리리는 기뻐했다. 하지만 조금 앞에 사람들이 보여 있어 바로 가슴이 내려앉았다. 촬영 금지인데도 다들 스마트폰으로 사진을 마구 찍어 대고 있어서 쉽사리 접근할 수 없다.

도대체 뭔데 그러나 싶어 확인해 본 순간 자신감이 싹 사라지는 것을 느꼈다. 3D 프린터로 잘라 낸 조각들을 이어 붙인 것이 마치 현대 조각처럼 생긴 하얀 의자였다. 패널의 설명 같은 것은 읽어 볼 필요도 없었다. 다만 그곳에 놓여 있는 것만으로도 압도적인 존재였다.

"우아, 대단하다!" 이런 말을 중얼거리지 않고서는 배길 수 없었다.

"그런데 말이야, 편안함은 최악이 아닐까?"

리리의 지적은 확실히 일리가 있다. 그렇지만 그런 지적쯤은 훌쩍 뛰어넘을 정도로 참신한 의자였다. 그렇기 때문에 이토록 사람들이 모여들어 구경하는 거겠지. 그것만으로도 이미 가치가 있을지도 모른다. 게다가 지방의 미대를 나온 학생이 오직 혼자서 만들었다고 한다.

'흠, 진짜 만만치 않네' 하는 기분으로 더듬더듬 앞으로 나아가다 보니 몇 사람이 웃으면서 보고 있는 의자가 있었다. 어느 공업고등학교의 한 학급 전체가 함께 만든 의자인데 마치 애니메이션 로봇 같은 엉뚱한 작품이었다. 목업도 무척 조잡했고, 손가락으로 가리키며 깔깔 웃는 사람도 있었다. 하지만 패널을 보고 놀랐다. 이 의자는 다양한 모양으로 변한다. 그야말로 변형 로봇 같다.

"이거 뭐냐? 개성적이지만 너무 조잡하게 만들었어!" 리리는 이렇게 말했지만, 디자인의 취향은 논외로 치고 이 의자의 가능성을 느꼈다.

"아니야, 이건 모양만 보고 판단할 게 아니야. 자, 패널을 보라고. 아이디어가 대단하지 않아?"

인정하기는 싫지만 이 의자에는 엄청난 힘이 있다. 인정할 수밖에 없다.

그 뒤에 별다른 특징이 없는 의자가 놓여 있었고, 그다음이 우리가 출품한 의자였다. 몇 사람이 진지하게 보고 있다. 스마트폰으로 사진을 찍거나 고개를 끄덕거린다. 사람들이 모여 있지는 않지만 감탄을 보내는 사람도 꽤 있는 듯하다.

"이 정도면 꽤 인기 있는 거 아냐?" 리리는 기쁜 듯 말했다.

나는 뒤로 돌아가 귀를 쫑긋 세우며 우리 의자에 어떤 의견을 내놓는지 엿들었다.

"음, 꽤 세련된 디자인이야."

"실물 모형도 나쁘지 않아."

"중학생 치고는 제법이야."

깎아내리는 말은 아니었지만 좀 기가 죽었다. '중학생 치고는 제법이야'라는 말은 본격적인 승부를 가릴 정도의 수준은 아니라는 말이기 때문이다.

그러고 나서 또 평범한 의자가 죽 이어지다가 마지막에 눈이 번쩍 뜨일 만큼 나를 압도하는 의자가 있었다. 그다지 사람이 모여 있지는 않다. 화려한 의자가 아니기 때문일 거다. 얼핏 보면 그냥 평범해 보이는 의자이지만, 나는 순간적으로 '이크, 이럴 수가!' 하고 놀랐다.

한눈에 보더라도 섬세한 선이 앉고 싶은 마음을 불러일으키는 의자였다. 참신한 아이디어는 없지만, 세부까지 소홀함 없이 철저하게 계산해 낸 디자인이었다. 어느 방에 놓더라도 잘 어울릴 것 같다. 자기주장을 도드라지게 내세우지 않고, 주위까지 아름답게 꾸며 주는 조용한 디자인이었다. 목업의 수준도 높다. 이 대회가 출품작의 제품화를 전제로 한다는 점을 생각하면, 이것이 가장 그랑프리에 가까운 의자로 보였다.

"이 의자, 참 예쁘다. TK대학의 건축학과 학생 다섯 명이 만들었대."

리리의 말을 듣고 번쩍 고개를 쳐들었다. 의자에 마음을 빼앗겨 패널을 보는 것을 잊고 있었다.

이 대회에는 거의 매년 미대나 공업고등학교, 또는 대학의 디자인학과 학생이 참가한다. 설마 건축학과 학생이 응모하리라고는 생각하지 못했다.

패널을 보면 그들의 의도가 일목요연하게 보인다. 의자가 작품입네 하고 자기주장을 하는 것이 아니라 다양한 집, 다양한 방에서 자연스레 조화를 이룰 수 있다고 보여 주는 이미지 사진이다. 이 의자는 어떤 방에 놓더라도 그곳을 편안한 공간으로 바꾸어 냈다.

나는 깊이 한숨을 쉬었다. 아직은 비슷하게 경쟁할 수준이 아니잖아. 동시에 이만큼 대단한 작품을 만든 대학생들이 부럽기도 했다. 나도 이런 의자를 만들 수 있는 디자이너가 되고 싶다.

나와 리리는 앞줄에 마련한 참가자석 끝에 앉았다. 패배는 눈에 보듯 뻔했기 때문에 가능하면 뒷자리 객석에 앉고 싶었다. 아무리 곁눈으로 훔겨보아도 우리 작품은 저 건축학과 다섯 명의 작품에 비하면 한참 뒤떨어진다.

"내가 상상한 것 이상으로 수준이 높았어. 아쉽지만 좋은 공부를 한 셈이야."

스마트폰으로 찍은 다른 의자 사진을 보면서 리리에게 말을 걸었다.

"그게 무슨 소리야?" 리리는 이렇게 되받아쳤다.

"그런 말 하지 마. 만약에 변형 로봇이 상을 타면 난 항의할 거라고!"

확실히 그 작품은 거칠기 짝이 없었다. 목업의 완성도만 놓고 본다면 리리의 솜씨가 이길 것이다.

하지만 디자인에 중점을 둔다면 우리가 만든 '프리스타일'이 그들의 작품에 뒤진다고 생각한다. 그토록 열정을 쏟아 준 리리에게는 미안한 말이지만.

"내가 실력이 부족해서 미안해."

"사과하지 마, 바보야. 나는 로봇 의자나 조각 의자보다 네가 만든 디자인이 몇 배나 좋다고 생각해!"

리리는 이렇게 대꾸하면서 혀를 날름 내밀었다.

리리의 장난스러운 표정에 한시름 놓았다. 나는 웃으면서 인사말을 시작한 사회자 쪽으로 시선을 돌렸다.

사회자는 우선 시상식이 지연된 것을 사과했다. 늦어진 원인은 심사위원들의 논의가 길어졌기 때문이라고 한다. 의견이 맞지 않았기 때문일 것이다.

"그러면 제30회 전국 학생 의자 디자인 대회의 심사 결과를 발표하겠습니다. 올해는 그랑프리, 우수상, 가작에 더해 심사위원 특별상을 제정했습니다. 그러면 우선 심사위원 특별상부터 발표하겠습니다."

이왕이면 내가 칭찬한 작품이 상을 받으면 좋겠다고 생각하면서 단상에 올라간 심사위원들을 멍하니 바라보았다.

"심사위원 특별상에는 이번 대회를 개최한 이래 최연소로" 하는 말을 듣는 순간 리리는 내 손을 꽉 잡았다.

"……중학생이지만 매우 완성도가 높은 디자인과 실물 모형으로 우리를 놀라게 한 오키도와 하야카와 팀의 '프리스타일'입니다!"

난 정신이 나간 듯 눈을 깜빡거렸다. 지금 뭐라고 한 거야?

"얼른 일어나!"

리리가 손을 홱 잡아끌었다. 그제야 정신이 돌아왔는지 우리 이름이 불린 것을 깨달았다. 일어서서 둘러보니 우리가 만든 '프리스타일'이 스포트라이트를 받고 있다.

휘몰아치는 박수 소리를 들으며 꿈속을 거닐 듯 상장과 기념품을 받고 심사위원들의 자세한 비평을 들은 다음, 여기저기를 향해 마구 고개를 숙였다.

자리로 돌아오자 입상했다는 실감이 들기 시작했다. 그리고 최근 몇 달 동안 105도 이상 기대고 의지한 나를 받쳐 준 파트너를 향해 "고맙다" 한마디를 건넬 수 있었다. 수상을 하든 못 하든 더 일찍 말했어야 했는데.

"야, 그렇게 심각한 표정은 부담스러워! 쑥스럽잖아!" 이러더니 리리는 내 옆구리를 쿡 찌르며 웃었다. 예상보다 아파서 대꾸할 말을 잊고 허둥대는 사이에 리리는 갑자기 얼굴을 들이밀고 "나야말로 고마워" 하고 속삭였다.

가작에는 변형 로봇이 뽑혔다. 발표가 나는 순간 야유와 박수가 동시에 터져 나왔다. 호불호가 분명히 갈리는 디자인이기 때문일 거다. 리리도 옆에서 불만을 터뜨렸다. 하지만 심사위원은 칭찬을 섞어 이렇게 평했다. "디자인과 실물 모형의 완성도에는 문제가 있지만 혁신적이며 한없는 가능성을 품은 작품입니다."

우수상에는 예상한 대로 현대 조각 같은 하얀 의자가 뽑혔다. 뜨거운 박수가 쏟아졌다. 이미 수많은 팬이 생긴 것 같다.

사회자가 그랑프리 수상작을 발표했을 때 회장에서는 "엉?" 하고 뜻밖이라는 반응이 나왔지만, 나는 수긍했다. 그 의자가 그랑프리라면 불만이 없다. 주위에 잘 녹아들 뿐 아니라 은근히 환경을 아름답게 바꾸어 주는 의자이기 때문이다.

"TK국립대학의 건축학과 여러분, 이쪽으로 나오시기 바랍니다." 하고 사회자가 말하자 남녀 다섯이 앞으로 나와 심사위원들의 평을 듣고 커다란 컵 모양의 상패와 상장을 받았다. 수수해 보이는 그들이 완성한 작품은 조용하게 머무는 아름다운 의자였다. 그것이 풍기는 분위기가 내 가슴속 깊이 파고들었다.

시상식이 끝나고 꿈속을 거니는 기분 그대로, 뒤쪽 자리에서 마구 손을 흔드는 리키와 어머니, 할아버지한테 다가갔다. 할아버지는 너무 흥분해서 걱정스러울 정도였고, 어머니도 "두 사람 다 애썼구나" 하며 만면에 미소를 띠고 기뻐했다. 리키는 빰이 불그레해져서는 이렇게 말했다.

"형, 정말 대단해!"

나를 올려다보는 작은 머리를 가만히 쓰다듬어 주었더니 리키는 작은 목소리로 이렇게 중얼거렸다.

"형은 점점 멀리 가 버리는 것 같아."

팔을 꼭 붙들린 느낌이었다.

"리키야."

허리를 굽혀 리키의 귓가에 속삭였다.

"민들레 이야기를 기억하니?"

"응?" 리키는 고개를 저었다.

"민들레는 땅에 뿌리를 내려 움직이지 못하지만, 솜털이 달린 씨앗은 바람을 타고 멀리 갈 수 있어. 넌 앞으로 건강해질 수도 있고, 만약 건강해지지 않아도 민들레처럼 솜털을 달고 여기저기로 날아갈 수 있어. 인터넷이든 이 형이든 무엇이든 이용해서 멀리 날아가도록 해."

커다래진 리키의 눈은 초롱초롱 반짝였다.

"응, 그럴게. 멀리 날아갈게. 저기 멀리까지 말이야."

나는 고개를 크게 끄덕이고, 오랜만에 리키와 하이파이브를 하며 손바닥을 찰싹 마주쳤다. 리키의 손은 예전보다 제법 커진 것 같다.

대회장을 어슬렁거리던 리리가 내 쪽으로 돌아왔다.

"저 건축학과 사람들, 자기들이 직접 목업을 만들었대! 믿을 수 없어. 공부만 하고 머리만 큰 사람들이라고 생각했는데 말이야. 난 아직 멀었어."

리리는 그랑프리 컵을 쳐들고 기뻐하는 다섯 사람을 보면서 말했다.

"네 말이 맞아. 디자인도 그렇고 목업도 그렇고, 분명히 완성도가 무척 높았어. 나도 생각할 것이 많더라. 저 사람들 패널을 보고 나니, 요전부터 머뭇거리며 고민하던 문제가 풀린 것 같아. 나, 건축을 공부해야겠어. 가능하면 TK대학에서 말이야. 의자뿐 아니라 의자가 놓이는 공간에도 관심이 생겼거든."

마음속에 품고 있던 진로 고민에 대한 답이 나왔다. 그것은 심사위원 특별상 이상으로 뜻깊은 성과일지도 모른다.

"흠, 그 대학은 엄청 어려울걸? 뭐, 너라면 얼마든지 합격할 수 있겠지만!"

나는 의지를 다지듯 고개를 끄덕였다. 이번에는 '꿈을 위해 조금만 참자'는 마음가짐이 아니다. '꿈을 위해 달리자'는 마음이다. 즐거운 마음으로 힘껏 달릴 테다. 하지만 그 전에 하고 싶은 일이 있다.

"리리! 아까 심사위원들한테 들은 말 있잖아. 우리가 만든 의자가 완성도는 높지만 허리 부분이 확 트여 있기 때문에 깊숙이 앉으면 허리가 좀 불안정한 느낌이 있다고, 그 부분만 완성도를 높이면 반드시 좋은 제품이 될 거라고. 그래서 말인데, 그 지적대로 다시 손보고 싶어. 넌 어떻게 생각해?"

"나도 그렇게 하고 싶어!"

리리가 곧장 대답해 주어서 기쁘기 짝이 없다. 우리는 같은 방향을 보고 있다.

'심사위원 특별상'이라는 꼬리표가 붙은 우리 작품을 보면서 리리와 이야기를 나누다가 한순간 심장이 멈추는 것 같았다. 익숙한 목소리가 나를 향해 다가왔기 때문이다.

"역시 여기구나. 네 방 서랍에 대회 팸플릿이 있기에 혹시나 싶어서 와 봤는데…… 나만 빼고 다들 짜고 쉬쉬한 거군."

"여보! 미안해요. 그저……."

어머니가 안절부절못하며 말끝을 흐렸다.

"됐소."

침착한 목소리로 아버지가 말했다.

공포인지 분노인지, 아니면 둘 다인지가 동시에 가슴속에서 치밀어 올랐다. 나쁜 짓을 한 것도 아니잖아. 알려 주지 않았을 뿐이다. 아들이 사실 그대로 말할 수 없도록 위압감을 준 아버지가 더 나쁘다. 내 방을 멋대로 들어와 휘저은 비겁한 사람도 아버지다. 팸플릿은 서랍 안에 다른 종이와 섞어 넣어 놓았다. 그렇게 쉽사리 찾아낼 수는 없다.

"그 눈빛은 뭐냐?"

아버지는 내 앞을 가로막고 섰다. 이 사람에게는 어차피 무슨 말을 해도 소용없을 것이다. 그래서 눈으로 외치고 있을 뿐이다.

"네가 의자에 관심이 많고 스케치에 열중하는 것을 보고 이렇지 않을까 짐작하고는 있었다. 이 대회에 참가하느라고 성적이 떨어진 거겠지?"

아버지의 말에 욱하는 마음이 치밀어 올랐을 때 리키가 끼어들었다.

"아빠, 아니에요. 형이 내……."

리키의 말을 막으려고 나도 모르게 아버지를 향해 소리를 질렀다.

"그만 좀 하세요!"

주위를 걷고 있던 사람들의 시선이 이쪽으로 쏠렸다. 부끄럽다. 하지만 이 자리에서 리키에게 공부를 가르쳐 주었다는 사실마저 드러나면 상황이 더 꼬인다.

더구나 리키와 리리를 위해 시간을 내어 공부를 도와준 것과 내 성적은 아무런 상관도 없다. 원인은 나 자신이 누구보다 잘 알고 있다. 의자를 생각하느라 공부에 집중하지 못했을 뿐이다.

"그만 좀 하라는 게 무슨 뜻이냐?"

"전체 석차가 5등쯤 떨어졌다고 해서 그런 말까지 하지는 말라는 뜻이에요. 나는…… 지난번에 성적이 아주 좋았기 때문에 방심해서 그런 거라고 생각해요. 이 의자는 심사위원 특별상을 받았어요. 나한테는 말할 수 없이 중요한 일이에요. 다음 기말시험 때는 반드시 성적을 올릴 테니까 의자 디자인은 마음껏 하게 해 주세요."

아버지의 안색이 흐려졌다.

"이런 대회에서 덤으로 상을 받았다고 어깨에 힘 들어갈 거 없다. 자, 이제 성에 차지 않았니? 내년에는 이 따위 일에 시간을 버리지 마라."

'이 따위 일'이라고?

배 속이 타들어 가는 듯 아프기 시작했다. 심사위원 특별상이라는 웬만한 성과를 냈다고 하면 조금은 인정해 주겠지 싶었다. 하지만 아버지는 마치 허드레 잡동사니라도 보는 듯한 눈초리로 내가 만든 의자를 흘깃 쳐다봤다.

"시간을 버린 게 아니에요. 왜 이해를 못 하세요? 이 대회는 다른 사람의 작품과 내 작품을 가까이서 비교해 볼 수 있고, 심사위원의 비평도 직접 들을 수 있는 훌륭한 기회라고요. 아버지가 무슨 말을 하든 상관없어요. 내년에도 이 대회에는 참가할 테니까요."

아버지는 눈살을 찌푸리고 좌우로 턱을 움직였다. 2년 전 내게 주먹을 날렸을 때도 이런 느낌이었다. 설마 다들 있는 곳에서 때리지는 않겠지만, 난 만일을 위해 몸을 움츠렸다.

"너, 진심으로 의자 디자이너가 되려는 거냐?"

"그래요."

"취미로 하라고 분명히 말했을 텐데!"

나는 아버지를 노려보면서 고개를 저었다.

"나만을 위해서 의자를 만들고 싶은 게 아니란 말이에요!"

"무슨 말을 해도 듣지 않겠다면 앞으로는 굶어 죽을 각오로 해야 할 거다. 스스로 가시밭길을 선택했으니 우는소리는 하지 마. 도중에 포기하더라도 도와줄 마음은 손톱만큼도 없으니까!"

낮은 목소리로 이렇게 못을 박은 뒤, 아버지는 발길을 돌렸다.

뒤를 돌아보지도 않고 어머니에게 "여보, 갑시다!" 하고는 성큼성큼 걸어갔다.

마지막에 아무 말도 되받아치지 못한 스스로를 자책하며 나는 그저 주먹을 꽉 쥐었다. 손바닥에 손톱이 박혔다. 분하고 한심해서 눈물조차 나오지 않는다.

"음, 신, 잘 들어라."

할아버지가 내 등을 톡톡 두드렸다.

"네 아비가 하는 말에도 일리가 있어. 부모가 반대한다는 이유로 그만둘 일이면 처음부터 안 하느니만 못하다. 그 정도로 포기하는 사람은 예술가가 될 재목이 아니야. 그것만큼은 확실해. 아직 시간이 많으니까 잘 생각하렴."

어머니가 할아버지의 팔을 잡고 말했다.

"리리, 미안하게 되었구나. 우리는 먼저 집에 갈게. 신, 넌 리리하고 같이 전철 타고 오렴."

리키는 몇 번이나 뒤를 돌아보며 어머니를 따라갔다.

점점 사람이 적어지는 대회장에 나는 잠시 멍하니 서 있었다.

지금이야말로 가고 싶은 길이 훤히 보이는 듯한데, 그런 말까지 듣고 나니 설레고 들뜨던 기분이 한꺼번에 싹 식어 버린다.

앞으로 마음먹은 것처럼 안 될지도 모른다.

도중에 포기하고 내팽개칠지도 모른다.

언젠가 아버지한테 "그것 봐라, 꼴좋다" 하는 말을 들을지도 모른다.

하지만 이것은 내가 들어설 수밖에 없어서 들어선 길이다.

"신……."

리리가 걱정스러운 듯 내 얼굴을 들여다본다.

난 고개를 끄덕이고는 리리의 손을 꼭 잡았다.

"우선은 의자를 고치는 것부터 시작하자."

대회장의 둔중한 문을 열고, 나와 리리는 타오르는 햇볕 속으로 발을 내디뎠다.

여러분은 하고 싶은 일을 찾으셨나요?

비록 하고 싶은 일을 찾았다고 해도 사정이 있어서 실현하지 못하거나 스스로 재능이 없다고 생각해 처음부터 포기하는 사람도 있을지 모르겠습니다.

그런데 재능이란 뭘까요?

'좋아서 하는 일을 잘하게 된다'는 말도 있듯이 열정이야말로 가장 중요하다고 생각합니다. 물론 다양한 조건이나 운도 영향을 주겠지만, 하고 싶은 일을 하는 방법이 하나밖에 없지는 않을 것입니다. 독학으로 고생해서 제품디자이너가 된 사람도 있고, 엔지니어로 일하면서 책 표지를 디자인하는 사람도 있습니다. 신장 제한 때문에 파일럿이 되지 못했지만 항공에 관련한 일을 하면서 활기차게 일하는 사람도 있고요. 좋아하는 일이니까 고되고 힘들어도 견딜 수 있고, 포기하지 않고 계속할 수 있는 것입니다.

물론 좋아하는 일을 직업으로 삼아 살아가려면, 웬만한 각오는 필요하겠지요. 내 개인적인 경험을 말하자면, 상상한 것 이상으로 힘들더군요. 장학금을 받고 유학을 떠나 디자인 전문 교육을 받았지만, 졸업 후에는 제품디자인만으로는 먹고살기 힘들어서 이런저런 부업을 병행하면서 느릿느릿 언덕길을 올라갔습니다. 그러나 그때 맛본 쓰디쓴 경험이 책을 쓸 때 무척 도움이 된 것을 생각하면, 인생이란 참 재미있습니다.

하고 싶은 일은 도중에 바뀔지도 모르고, 나이를 꽤 먹은 뒤에야 하고 싶은 일을 찾을 수도 있습니다. 어느 날, 아흔이 넘어 그림을 그리기 시작한 어떤 할머니가 "장래의 꿈은 개인전을 여는 것입니다" 하고 눈을 반짝이며 이야기하는 걸 보고 깜짝 놀랐습니다. '앞으로 나아가고 있다'는 의식이야말로 인생을 밝혀 주는 빛이라는 것을 새삼 깨달았습니다.

하고 싶은 일을 아직 못 찾았더라도 언젠가는 반드시 찾아낼 겁니다. 10년, 20년이 지난 뒤 지금은 상상조차 못 할 일을 하고 있을지도 모릅니다. 무엇보다 자기 마음을 소중히 여기고 한걸음 내디디며 '앞으로 나아가자' 하는 의지가 중요하다고 생각합니다. 여러분이 정말 하고 싶은 일을 꼭 찾아내기를 바랍니다.

이 책에는 오랫동안 내가 걸어온 제품디자인 쪽의 경험을 담았습니다. 한자어도 외래어도 많이 나오는 것은 되도록 현장에서 쓰는 생생한 용어들을 가져다쓰려고 했기 때문입니다. 또 함께 작업해 온 모델러를 비롯해 광고 회사에 다니는 친구들 이야기를 참고해 이야기를 썼습니다. 진심으로 감사드립니다.

2017년 9월

사토 마도카

옮긴이의 말

십대의 꿈! 듣기만 해도 가슴이 설레는 말입니다. 올봄 이 책을 읽고 옮기며 나는 푸릇푸릇한 이 말을 부둥켜안고 살았던 듯합니다. 소설을 읽어 나가면서 신과 리리가 더욱더 사랑스러워졌습니다. 그리고 마음속에서 응원하는 목소리가 커져 가는 것을 느꼈습니다. 얼마나 어여쁘고 기특한 십대들인지요.

나이나 국적을 불문하고 세상에는 자신이 살고 싶은 삶을 스스로 찾기보다는 일방적으로 부모님이나 주위 사람들이 기대하고 요구하는 삶에 자신을 끼워 맞추려는 사람이 적지 않습니다. 또는 딱히 되고 싶은 것도 없다거나 뭐가 되고 싶은지 모르겠다는 사람도 있습니다.

그런데 이 소설의 주인공인 신과 리리는 그렇지 않습니다. 이른 나이에 자신들이 해내고 싶은 구체적인 꿈을 품고 있지요. 열다섯 나이에 '의자 디자이너'와 '의자 모델러'가 되고 싶다고 당당하게 말하는 두 십대의 모습이 꽤 놀라웠습니다. 그뿐인가요. 자기들 앞에 놓인 장애물을 하나둘씩 치워 가며 꿈을 향해 착실하게 노력합니다. 웬만한 어른보다 훨씬 어엿하고 장해 보였습니다.

특히 주인공 신이 의자를 좋아하는 이유를 말하는 부분이 인상 깊었습니다. 이 중학생 남자아이는 의자를 왜 좋아하느냐는 물음에 "의자에는 사람의 온기가 있거든요" 하고 대답합니다. 고대 이집트의 왕좌를 보면 왕관을 쓴 투탕카멘이 떠오르고, 낡은 흔들의자를 보면 파이프 담배를 피우는 할아버지나 무릎 위에 고양이를 앉히고 깜빡깜빡 조는 할머니가 떠오른답니다. 새 의자를 보면 앞으로 거기에 앉을 사람들의 모습이 떠오르고요.

솔직히 이 대목을 읽으면서 속으로 '헉, 신이란 애는 어린 철학자 같구나!' 하고 감탄했습니다.(실은 '애늙은이'라는 말이 먼저 생각났습니다만.) 비록 나이는 어리지만 '인간'에 대해 따뜻한 애정을 품고 있는 모습에 절로 마음을 빼앗겼지요. "이봐, 어린 휴머니스트! 우리의 미래를 부탁해!" 이렇게 말을 걸어 보기도 했답니다.

그렇지만 신의 아버지는 다른 사람들과 마찬가지로 아들이 높은 사회적 지위, 많은 보수, 안정적인 생활을 보장하는 직업을 갖기를 바랍니다. 다른 부모님들도 대개 비슷한 바람을 갖고 있겠지요. 부모와 자녀의 희망이 일치한다면 다행이겠지만 신처럼 부모와 생각이 다를 수 있습니다. 이런 갈등은 쉽게 해결되지 않기 마련이지요. 신은 자신의 뜻을 굽히지 않고 아버지에게 반항하면서도 어떻게 자립적으로 자기가 마음먹은 길을 걸어갈지 실제적인 방안을 모색합니다.

이 소설의 원래 제목은 '105도'입니다. 언뜻 들으면 고개를 갸웃거리게 되는 말이지만 본문에서 이에 대해 친절하게 설명합니다. 105도는 신과 리리가 만들려는 의자의 이상적인 등받이 각도입니다. 이른바 등받이 각도의 '중용'이라고 할까요? 허리를 곧추세워야 하는 90도도 아니고 소파나 소파베드처럼 푹 파묻히는 것도 아니고, 몸을 약간 뒤로 젖히는 자세로 노트북이나 아이패드를 사용할 수 있는 편안한 각도!

이는 단지 의자 등받이의 이상적인 각도만을 의미하지는 않습니다. 105도는 바람직한 인간관계를 상징하는 숫자이기도 합니다. 지나치게 타인에게 의존하지도 않고, 독불장군처럼 독단적인 태도를 취하지도 않는 각도 말이지요. '105도'를 유지해야 인간관계도 부드럽고 원활해진다는 뜻입니다. 이 각도의 중요성을 깨달으면서 신은 "누군가와 수고와 즐거움을 함께하는 일이 이렇게 재미있는 줄 몰랐다"고 고백합니다. 그리고 스스로 변했다고 느낍니다. 이것이 성장이고 성숙입니다.

'105도'는 신과 리리의 우정에도 해당하는 숫자입니다. 두 사람은 의자라는 공통 관심사 때문에 금방 친구가 되고, 의자 대회에 함께 응모하는 과정을 통해 우정을 키워 갑니다. 신도 개성이 넘치지만, 리리도 전통적으로 남성의 직업인 '모델러'라는 직업에 도전할 만큼 자율성과 독립성이 강한 여자아이인데요. 도중에 디자이너 신과 모델러 리리는 각자의 역할 때문에 갈등을 빚습니다. 신은 은연중에 디자이너의 작업이 모델러의 작업보다 더 주도적이고 중요하다고 생각했던 것입니다. 그것이 공교롭게도 성 역할에 대한 고정관념 또는 차별 의식과 겹치면서 갈등이 증폭했지요.

하지만 신이 자신의 잘못을 반성하고 리리에게 사과하면서 두 사람의 우정은 '105도'를 이루어 갑니다. 신은 리리를 통해 미처 의식하지 못했던 자신의 편견을 깨우친 것입니다. 십대 때 신과 리리와 같은 우정을 맺어 본 사람이라면 이성을 훨씬 잘 이해하고 차별과 편견에 대항하는 성숙한 젠더 의식을 갖출 수 있을 것입니다.

우리가 '105도'를 가리키는 마음속 각도기를 잃지 않는다면, 신과 리리처럼 '십대의 꿈'을 향해 당당하게 나아가면서 바람직한 인간관계를 통해 성숙한 인간으로 탈바꿈할 수 있지 않을까 생각합니다.

2019년 5월

김경원